LOVE

CONTOS HOT

Gerente editorial
Roger Conovalov

Diagramação
Lura Editorial

Revisão
Alessandro de Paula

Capa
Lura Editorial

Organizadora
Thaisa Lima

Primeira Edição

Lura Editorial – 2020
Rua Manoel Coelho, 500. Sala 710
São Caetano do Sul, SP – CEP 09510-111
Tel: (11) 4318-4605
Site: www.luraeditorial.com.br

Catalogação na Fonte do Departamento Nacional do Livro
(Fundação Biblioteca Nacional, Brasil)

Love: contos hot / Lura Editorial – 1ª Edição – São Paulo, 2020.
Organizadora: Thaisa Lima

ISBN: 978-65-80430-72-7

1. Ficção 2. Contos eróticos I. Título.

CDD: 869.3

---

atendimento@luraeditorial.com.br
www.luraeditorial.com.br

Organizado por

Thaisa Lima

LOVE

CONTOS HOT

lura

EDITORIAL

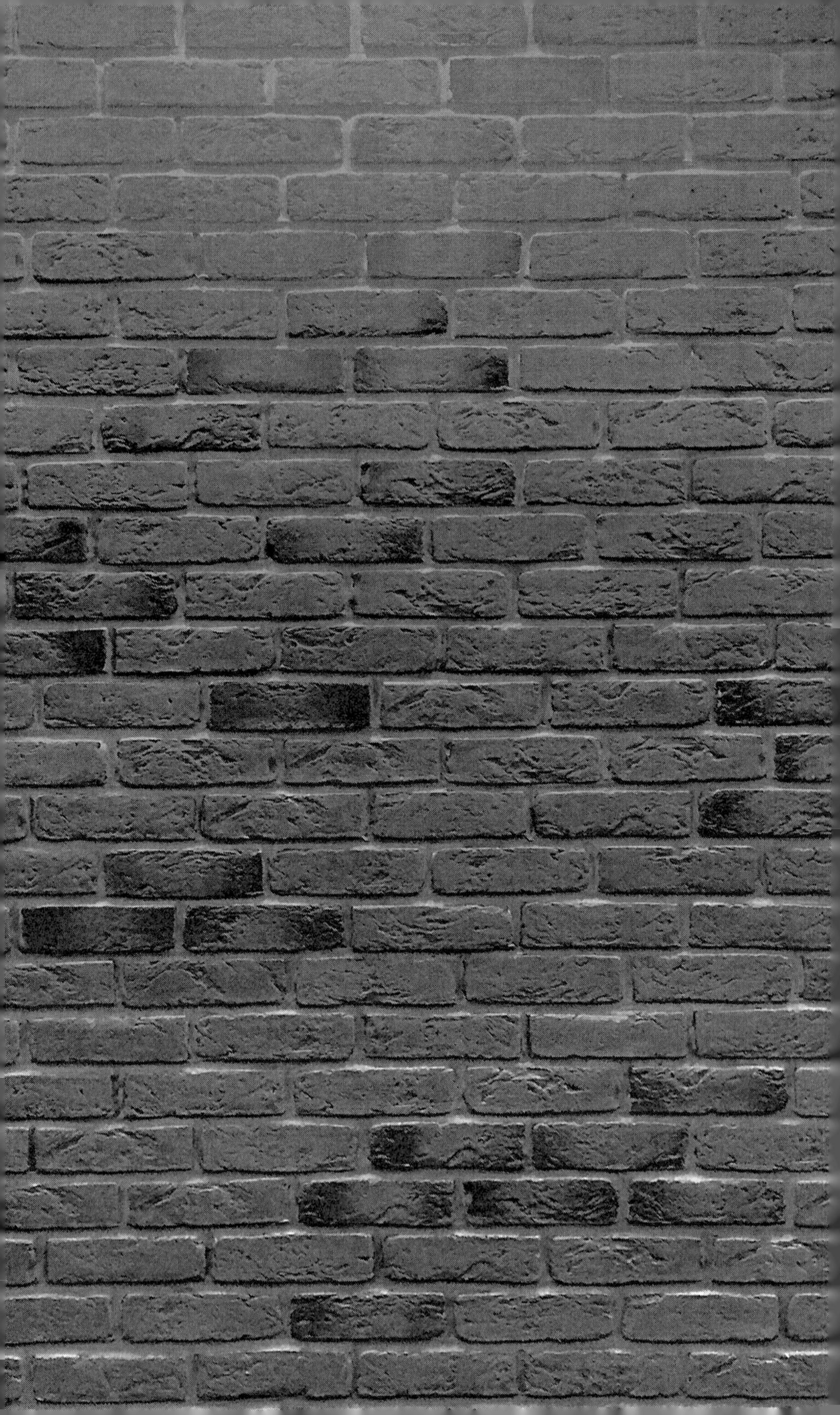

"Eu mordo meu lábio e olho para minhas mãos novamente, não gostando para onde meus pensamentos rebeldes estão se dirigindo."

ANASTASIA STEELE
50 TONS DE CINZA

Sumário

Apresentação

Quando se fala sobre erotismo, ainda temos alguns narizes sendo torcidos e uma onda preconceituosa envolvendo o gênero. Mas, o que é erótico? A palavra erótico vem do grego *erotikós*, e tem o significado de relativo ao amor, inspirado pelo amor. Segundo Octavio Paz (in: Durigan, 1985), o erotismo é "nada mais natural que o desejo sexual; nada menos natural que as formas em que se manifesta e se satisfaz. Na linguagem e na vida erótica de todos os dias, os participantes imitam os rugidos e gemidos de todas as espécies de animais. A imitação não pretende simplificar, mas complicar o jogo erótico e, assim, acentuar seu caráter de representação. O erotismo não imita a sexualidade, é sua metáfora". Sendo assim, podemos dizer que o texto erótico seria a representação textual desta metáfora.

O erotismo é um tema muito recorrente na literatura contemporânea. Ele desperta curiosidade e é um ingrediente enriquecedor nas narrativas desde que o homem aprendeu a contar histórias. Alguns estudiosos o consideram como o tema mais antigo da literatura, que surgiu da necessidade de verbalizar o sexo. Até na Bíblia o gênero está presente, no livro Cantares de Salomão, possuidor de uma narrativa poética belíssima.

A apresentação do erótico na literatura é bastante ampla. Em alguns períodos, a verbalização era considerada como sendo pecaminosa, então, cabia ao autor explorar o tema nas entrelinhas. Em contrapartida aos clássicos, na narrativa contemporânea, encontramos uma abordagem mais direta, conquistando cada vez mais leitores para o gênero. Esses livros trazem aquilo que o leitor quer ler e tem ajudado a desmistificar o sexo, quebrando tabus.

Seja dentro das entrelinhas ou de forma direta, o erotismo se faz presente na literatura e nas nossas vidas, já que o sexo é algo natural e inerente do ser humano. Concordo plenamente com Anais Nin, ao dizer que o erotismo é indispensável e que é uma das bases mais importantes do conhecimento de nós mesmos.

O erótico se faz presente em meus textos e fiquei muito feliz quando recebi o convite dos editores Roger Conovalov e Aline Assone para organizar a antologia "Love". Nesta obra, reunimos escritores extremamente talentosos na arte da escrita erótica, e compilamos deliciosos textos, que com toda certeza vai aguçar seu imaginário com palavras sedutoras, capazes de mexer com seus sentidos de maneira suave como uma pluma, e picante como o toque de pimenta nos lábios.

Seja bem-vindo à "Love".

Thaisa Lima

O Fotógrafo

THAISA LIMA

Sentada no banco traseiro do táxi, fecho os olhos e tento acalmar meu coração descompassado. O barulho da chuva forte chocando-se contra o para-brisa deveria me acalmar, mas me deixa ainda mais nervosa. Aquele maldito! Com um simples pedaço de papel conseguiu me seduzir. Ele borrifou um pouco do seu perfume no cartão antes de me entregar o endereço, justamente com a intenção de não me deixar esquecer. Um aroma que é puro fogo e sensualidade com um leve toque apimentado. Aquele cheiro invadiu minhas narinas bagunçando meus sentidos, e bastou me olhar com aqueles olhos penetrantes e um sorrisinho sacana para que eu aceitasse a proposta mais maluca que já recebi na vida.

Quanto mais me aproximo do local marcado, mais nervosa fico. Eu deveria estar completamente insana para aceitar fazer uma sessão de fotos nada convencional. Marcos Montenegro é o fotógrafo mais famoso do país, e o homem mais lindo que já conheci.

— Chegamos.

Sou tirada dos meus devaneios pela voz do taxista. Pago o táxi e corro até a enorme varanda tentando me molhar o mínimo possível. Respiro fundo várias vezes na ânsia de acalmar meu coração acelerado antes de tocar a campainha.

Ding Dong!

Estou tremendo de ansiedade. A porta abre e sou recepcionada por um par de olhos castanhos e penetrantes, acompanhados por um sorriso safado nos lábios.

Suspiro diante da visão do homem parado à minha frente, com a mão esquerda dentro do bolso da calça e a mão direita segurando a porta, me olhando de cima a baixo. Suspiro novamente quando nossos olhos se encontram e ele encosta na porta, numa pose relaxada, segurando o lábio inferior entre os dentes. O gesto faz sua cicatriz logo abaixo do nariz aparecer por entre os fios da barba perfeita, que emoldurava aquele maxilar de linhas estreitas. Um arrepio em minha espinha me faz estremecer, arrancando um sorriso dele. Ele sabe o que provoca em mim e se diverte com isso. Porra! Marcos é o homem mais sexy que já conheci.

— Olá, meu anjo. Você *já* está toda molhada.

Safado! O comentário com duplo sentido faz minhas bochechas arderem, me deixando irritada.

— E nem foi você o responsável!

Ele gargalha.

— Entre, meu anjo. Se permanecer mais tempo aí fora vai pegar um resfriado.

Entro e paramos no meio da sala com móveis modernos, todos em preto e branco, combinando com paredes cinza-claro e chumbo. Um ambiente bem quente e sensual, assim como o dono.

— Vou molhar sua sala.

— Não tem problema. Venha, vamos tirar essa roupa molhada.

— Você mora aqui sozinho? — Tentei disfarçar minha excitação.

— Não, moro com uma garota.

— Ah!

Ele me olha de soslaio com um sorrisinho. Antes de falar mais alguma coisa, sou atingida nas costas por algo bem pesado, me desequilibrando. Sou segurada por mãos fortes e tenho o nariz espremido contra um pcito musculoso. O cheiro dele, aquele maldito cheiro, me deixa desorientada, com as pernas bambas e uma vontade louca de morder aquela boca carnuda. Um latido me tira do transe. Afasto com dificuldade a cabeça do peito de Marcos e olho para ele, passando rapidamente por sua boca.

— Você está bem?

— Estou bem.

— Laica! Que feio!

A vira-lata branca e obesa deita no chão, cobre os olhos com as patinhas e choraminga pedindo desculpas. É a cadela mais fofa do mundo. Me solto dos braços dele e faço carinho atrás das orelhas peludas de Laica, que permanece deitada abanando o rabo.

— Essa é a garota que mora comigo. Linda e estabanada.

Ele se agacha ao meu lado, faz carinho em Laica roçando o ombro no meu. Minha pele formiga com o contato. Estamos muito perto e nossos lábios quase se tocam quando Marcos vira o rosto para mim. Mordo meu lábio, segurando-o entre os dentes, sem conseguir tirar os olhos daquela boca. A cicatriz dele é como um chamariz, implorando para receber uma lambida.

Olhando-me nos olhos, passa a mão direita por toda a extensão de minha coluna, subindo devagar, da base até o meu pescoço e, com o polegar, toca meus lábios. Seu toque é como uma labareda de fogo me incendiando a pele. Ele olha para minha boca, umedece os lábios com a ponta da língua e é nesse momento que perco completamente o controle. Seguro a nuca dele, puxando-o até nossos lábios colidirem num beijo.

Marcos me segura pela cintura, me deita de costas no chão e, se encaixando entre minhas pernas, não para de me beijar por um só segundo. Nossas bocas se fundem perfeitamente e as línguas dançam num ritmo sensual, explorando, sugando, enroscando num beijo ardente. Ele é puro desejo, tesão e sensualidade. As mãos de Marcos passeiam por meu corpo e quando seu polegar roça o bico do meu seio, mordo seu lábio, sugando com força aquele pedacinho de carne delicioso. Ele solta um gemido e sinto sua ereção contra meu ventre. Ao afastar a boca da minha, vejo refletida em seus olhos a luxúria.

— É essa essência que quero capturar na nossa sessão. — Interrompe o beijo e me ajuda a levantar. Faço beicinho.

— Venha. O estúdio já está pronto.

Laica corre para o sofá, distraída com seu brinquedo. Marcos me leva até uma porta e pede para que eu vista a roupa que estava em cima da poltrona. Ele me deixa lá e sai. Entro. No centro do quarto, uma cama enorme com pétalas de rosas vermelhas espalhadas por cima do cobertor branco. Nas laterais da cama, tripés com câmeras posicionadas e sombrinhas de iluminação. As paredes do quarto são pretas, destacando a cama branca. De costas pra porta, posicionada de frente à cama, uma poltrona de couro preta. Me aproximo e encontro as peças.

Tiro as roupas molhadas e visto a lingerie preta de renda, um tecido bem delicado que cabe perfeitamente em minhas curvas. Calço as meias pretas e as prendo com a cinta-liga. O sapato de salto agulha vermelho deixa meu bumbum mais empinado. Visto o robe longo de seda. Opto por uma maquiagem simples, batom vermelho e rímel, destacando meus olhos azuis. Eu estou pronta. Me olho no espelho sentindo-me sexy. Estou excitada e ansiosa para saber o que ele fará comigo. Todas as dúvidas de antes se dissiparam com o nosso beijo.

A porta é aberta e arfo com a visão. Um moreno de 1,87m entra caminhando lentamente pelo quarto, vindo em minha direção, usando apenas uma calça branca. Sua ereção é evidente e ele massageia o membro sem o menor pudor. Marcos me encara com um olhar de predador diante de sua presa. Prendo a respiração sem conseguir mexer um músculo sequer, extasiada com aquela perfeição de homem.

— Relaxe, não irei tocar em você, coração.

O quê?

— Tão branquinha. O preto acentuou ainda mais essas curvas maravilhosas que você tem.

Estou embriagada.

— Respire, meu anjo.

Ele para diante de mim e toca em meus lábios com o polegar. Volto a respirar, puxando o ar profundamente. Ele sorri. Marcos desamarra o nó do robe e desliza o tecido por meus ombros, fazendo-o cair no chão. Meu cérebro volta a processar as coisas.

— Não vai me tocar?

— Não, vou te fotografar.

Ele sorri.

— Não faça essa carinha. Eu não irei te tocar, mas você vai.

— Na sua frente? Não dá!

Ele começa a fazer movimentos circulares no bico do meu seio com o dedo indicador. Minha respiração acelera. É o suficiente para me convencer, afinal, aceitei essa proposta porque queria experimentar algo novo.

— Você consegue. Vou te ajudar, linda. Vamos começar?

Subo na cama, fico de joelhos e sento nos calcanhares. Não entendo quando o vejo sentar na poltrona sem uma câmera nas mãos. Marcos entende minha confusão e mostra um aparelho preto. Cada botão que ele aperta dispara um dos flashes espalhados pelo quarto.

— Anjo, deite de costas e feche os olhos. Suas mãos serão as minhas.

Faço o que me pede, passando as mãos por meu ventre. Estou tão excitada! Meus dedos roçam a renda da calcinha e resisto à tentação de me tocar. Escuto o barulho de flashes disparando.

— Isso, anjo. Perfeita.

Abro os olhos. Marcos me encara, mordendo o dedo indicador.

— Dobre as pernas, deixe os joelhos unidos e os pés afastados. Você está linda assim.

Fecho os olhos novamente, segurando meus seios. A voz sensual de Marcos me provoca arrepios e os bicos intumescidos roçando o tecido fino de renda me fazem suspirar de prazer.

— Tire o sutiã pra mim.

Faço o que ele manda e, por mais insano que isso possa parecer, sinto as mãos dele em mim.

— Você deve ser deliciosa.

Molho os dedos na língua e seguro os bicos rijos, beliscando de leve. Gemo.

Flashes

Levo uma de minhas mãos até a calcinha, acariciando minha abertura por cima do tecido. Meu clitóris pulsando, implorando para ser massageado.

— Abra mais as pernas, anjo. Não tire a calcinha, só a afaste um pouco.

Faço como pediu. Passo um dedo em minha abertura e escuto Marcos gemer. Estou muito molhada. Abro os olhos para encará-lo e o vejo excitado, me admirando. É o incentivo que eu precisava. Sem tirar os olhos dele, enfio um dedo em minha intimidade, lentamente, depois outro, e faço um movimento de vai e vem lento, provocando-o agora com os dois dedos. Ele morde os lábios apertando o pau.

Flashes

Jogo a cabeça pra trás, fechando os olhos com o prazer que me domina ao tocar no ponto mais sensível do meu corpo. Ergo os quadris friccionando meu clitóris contra a palma da mão, enquanto meus dedos dançam dentro do meu corpo. Imagino Marcos levantando e aproximando-se de mim, segurando meus pés e jogando minhas pernas por cima dos ombros. Ele beija meus tornozelos e vai subindo, mordendo de leve a parte interna de minha coxa até passar a língua em minha abertura. Marcos me chupa, mordisca e lambe. Sinto um delírio febril. Com a língua e os dedos me conduz ao orgasmo mais intenso que já senti na vida. Não consigo distinguir o que é realidade e o que é imaginação. Meu corpo se contorce, dança no ritmo da música sensual conduzida por Marcos. Estou ofegante, mas nem de longe saciada. Quero mais e continuo a me tocar até explodir em um segundo orgasmo.

— Uau!

— As fotos ficaram perfeitas. Agora nós dois vamos nos divertir.

Marcos segura meus pés e me puxa até sentar na beirada da cama. Estende a mão e eu a seguro. Vamos para o quarto dele e, durante a noite, torno-me a musa inspiradora do fotógrafo mais cobiçado da cidade.

Aquele Homem

MIRELLE CRISTINA DA SILVA

Ele estava sentado na sala de espera do oftalmologista naquela tarde de inverno. Uma conjuntivite o fez sentar-se ali, à espera de uma consulta que nunca acontecia. Theo, quarenta anos, moreno, alto, magro, elegante, óculos escuros, esperava ansiosamente uma solução para seus olhos. Diante dele, Agnes, uma vitrinista que havia escapado do trabalho para cuidar de si, de seus bonitos olhos míopes.

Enquanto não eram chamados para as consultas, ficaram ali, parados naquela terça-feira congelante de julho. Embora não tirasse seus óculos, e desta forma escondesse seus olhos e parte de seu rosto, Agnes enxergou a beleza daquele homem desconhecido, um homem charmoso e jovial.

Pacientes entravam e saíam do consultório enquanto Agnes, trinta e poucos anos, tentava não olhar demais para aquele homem misterioso, pouco receptivo e silencioso. O coração solitário da vitrinista concentrava-se em Theo, pois ele parecia ser a pessoa perfeita, alguém com quem gostaria de estar. Faltava conhecê-lo.

Sim, faltava conhecê-lo, saber quem era, de onde vinha, seu nome, etc e tal. O nome não demoraria para descobrir, afinal logo seria chamado para entrar na sala do médico. Ao ser chamado, levantou-se e se dirigiu até o consultório, levando todo o seu encanto e deixando seu perfume no ar. O melhor dos perfumes.

Sentada no sofá da sala de espera do oftalmologista, Agnes pensou por mais uns instantes naquele cara que logo perderia de vista para sempre, afinal, ele não manifestou o mínimo interesse, manteve-se frio e distante todo o tempo, soberbo, altivo. A vitrinista buscou espantar os pensamentos, esquecer aquela imagem, aquela presença impactante, e voltar para a realidade. A ideia era consultar-se, fazer o exame de vista, voltar para a vitrine da loja e vestir os manequins da estação outono/inverno.

De repente, a porta do consultório abriu-se diante de seus olhos e aquele homem saiu simpático, agradecendo ao médico a solução para seus olhos. Agnes encantou-se mais, pois era dono de uma voz maravilhosa, digna de um grande artista. Ele despediu-se da recepcionista, encaminhou-se até a porta de saída e deixou perguntas para trás: Quem era aquele homem? Seria casado? Onde morava? Desiludida e conhecendo as faces dos amores platônicos, Agnes foi chamada até a sala de consulta. Agnes era uma mulher bonita e jovial, dona de uma beleza simples, natural. Não era o tipo de mulher sexy, sensual, tinha um estilo despojado, ainda assim atraente.

Na saída do consultório, com o receituário para os óculos novos, Agnes caminhou rua afora em direção à loja na qual trabalhava. De repente uma farmácia chamou-lhe a atenção: aquele homem estava segurando colírios e soros fisiológicos, e aguardava na fila o momento de pagar por seus remédios. A vitrinista queria resistir, tentou resistir, passar pela farmácia e continuar o seu caminho, mas aquele desconhecido lhe pareceu ainda mais bonito e interessante. Entrou no estabelecimento e passou a segui-lo com os olhos, discretamente. Comprou xampu, absorventes e escova de dente para não perder a viagem. Quando Theo saiu da farmácia, ela saiu atrás, disfarçando bem. O sentimento era de reprovação consigo mesma, pois nunca havia seguido um homem estranho pela rua, arriscava-se muito. Tinha vontade de pará-lo a qualquer momento e dizer o que queria dizer, mas era proibido, era perigoso, seria loucura demais, imprudência. Continuava andando atrás dele com medo de ser descoberta, mas disfarçava bem e ele não seria capaz de notá-la.

A noite estava chegando e, de repente, percebeu que ele a levava para longe. Theo embarcaria no metrô rumo a algum lugar desconhecido. Era chegada a hora de perdê-lo de vista, esquecer aquele perfume, aquele corpo, aquela voz, aquele cabelo maravilhoso, aquelas mãos de unhas curtinhas incríveis. O coração palpitava e doía. Doía a impossibilidade. Agnes queria jogar-se na frente daquele homem e dizer que o queria muito, acabar com aquela angústia, o medo da rejeição, o medo do desconhecido. Quem seria aquele homem lindo por trás daqueles óculos? Que tipo de pessoa seria? Que hábitos teria? Pensou em recuar, mas daquela vez deixou-se guiar por uma boa dose de imprudência. Viu-se correndo atrás de um homem pelas estações de metrô da cidade no horário de pico. Adentrou os mesmos vagões de trem e o acompanhou até seu destino com cuidado. Foi afastando-se de seu itinerário e embarcou no mundo daquele homem sexy, que lhe parecia indefectível. O medo fazia-lhe companhia, mas o desejo falava mais alto, gritava.

Theo chegou ao seu destino, deixou a estação e seguiu a pé na direção de um estabelecimento comercial. Ao vê-lo caminhar pela rua, Agnes sentiu-se aliviada, afinal, se entrasse em um veículo, não teria condições de alcançá-lo. Era noite quando viu o homem mais interessante que já encontrara entrar em uma casa noturna luxuosa. Ele parecia gostar da vida noturna, emanava um ar de liberdade. Saiu de um consultório médico e caiu na noite. Possivelmente apreciava uma boa bebida, a companhia dos amigos e de mulheres. Naquele momento, Agnes conhecia meio por cento daquele rapaz; estava animada, mas ainda insatisfeita, pois não tinha visto seus olhos, nem beijado sua boca de lábios sensacionais. Restava aproveitar a noite e contar com a sorte.

Agnes viu-se no interior de um lugar bonito e imponente, uma boate de luxo frequentada por gente endinheirada. Para entrar, deixou uma verdadeira fortuna para a casa, todo o seu salário do mês. Dentro da casa, aproximou-se do mundo daquele estranho. Ao observar melhor o lugar, percebeu-se em meio a dezenas de prostitutas e homens tomados pela luxúria. Imediatamente entendeu que a casa era uma espécie de barzinho e bordel, uma mistura de tudo que procurava agradar a gregos e troianos.

Ao observar aquelas mulheres lindas, sexys e tão desejadas, sentiu-se enciumada, pois não dividiria os lençóis com ele, não contemplaria seu corpo nu, não haveria parceria alguma, prazer mútuo. Não havia chance de perder-se em seus braços. Theo parecia familiarizado com aquele ambiente, conhecia bem as moças, os seguranças, os barmen, e Agnes, por sua vez, torcia para que não desaparecesse logo, não se trancafiasse em algum quarto secreto com uma loira qualquer; desejava que ficasse por ali, pois assim poderia aproximar-se um pouco. De repente, ele sentou-se junto ao balcão do bar, ficou ali sozinho, mas antes que pudesse chegar perto, um belo rapaz aproximou-se e roubou-lhe um beijo. O beijo caiu como uma bomba sobre a morena, porque ela queria tanto sentir o sabor, o calor daquele beijo, mas ele preferia outros lábios.

Agnes voltou para casa e levou aquele homem consigo. Por alguns dias ficou pensando sobre a sorte daquele rapaz que beijava o cara mais sexy do mundo. Buscava concentrar-se em seus afazeres cotidianos: embelezar os manequins, ornar a vitrine da loja mais charmosa da cidade, mas os pensamentos voltavam para o bordel. Não resistia à ideia de visitar novamente o lugar e vê-lo nem que fosse de longe. Era-lhe cada vez mais excitante entrar no prostíbulo, tomar uma bebida da moda e pôr os olhos naquela pessoa que lhe fascinava. A cada ida ao cabaré mais chique da cidade, torcia veementemente para que aparecesse, entrasse pela porta exibindo seu belo porte e carisma. Queria que fosse um frequentador assíduo, pois de outra forma nunca mais o veria. Acreditava que ele não voltaria ao oftalmologista tão cedo. Estava certa.

Numa noite qualquer, Agnes deparou-se com aquele homem fenomenal de olhos castanhos amendoados, incapaz de enxergá-la em sua beleza e graça. Ele estava muito animado, acompanhado de uma ruiva bonita. Eles trocavam confidências ao pé do ouvido e logo seguiram para um quarto secreto para iniciar a festinha com outras garotas. Agnes sabia que estava diante do homem de seus sonhos: lindo, arrogante, orgulhoso, inteligente, elegante e frívolo. Era o homem de seus sonhos mesmo, alguém que não lhe acompanharia no café da manhã, nem lhe buscaria depois do trabalho.

Não havendo lugar para dor e ressentimento no coração daquela moça independente e feliz, Agnes deixou o lugar levando consigo uma lembrança daquele homem que passava longos dias em um bordel opulento de uma metrópole. Theo havia esquecido o casaco sobre uma poltrona no salão. Era tudo que Agnes precisava para continuar sonhando.

Após um banho quente, sobre a camisola, Agnes vestiu o casaco de Theo na noite fria. Era como um bom abraço, um afago delicioso. Deitar de camisola e casaco proporcionava-lhe um prazer inenarrável. O bom perfume de Theo e seu suor provocava-lhe sensações maravilhosas. Daquele momento em diante, o casaco passou a lhe fazer companhia nas madrugadas. Ele protegia, envolvia seu corpo bonito e delicado. Aquecia e energizava aquele corpo belíssimo, seminu, levando-o a um estado de êxtase.

Em uma noite sem estrelas, de trânsito caótico, Agnes viu-se dentro de um táxi, nas mãos o lindo casaco que furtou dois meses antes. Era chegada a hora de devolvê-lo ao seu dono. Era hora de olhar bem de perto o rosto daquele rapaz que lhe causava medo, insegurança, paixão, desejo. Abriria a boca e se atreveria a falar com ele nem que fosse brevemente.

O táxi estacionou diante da casa noturna. Agnes desceu e observou ansiosa a fachada do imóvel por alguns instantes. Uma frase, uma única frase causou-lhe surpresa e incômodo: Aluga-se. O imóvel que abrigava o bordel estava pronto para reiniciar sua história. O letreiro luminoso já não existia e todos daquela casa haviam desaparecido misteriosamente. Agnes só conseguia pensar em Theo. Teria encontrado um novo lugar para satisfazer os seus desejos? Estaria com um homem lindo ou uma mulher maravilhosa?

Sereia Negra

A.M.R. WOLFF

Sinto suas mãos calejadas deslizando pelo meu corpo, a cada movimento tentando me apertar mais. Sua boca sussurra coisas deliciosas e safadas ao meu ouvido, aproveitando-se para morder a ponta de minha orelha. Sinto cheiro da maresia penetrando em minhas narinas.

Todas essas sensações me deixam louca, não perco tempo e monto em cima daquele deus de ébano. Aliso minhas mãos em seu corpo todo calejado, coberto de cicatrizes de guerras. Seus músculos trincados estão se expandindo a cada movimento de meu quadril. Arranho seu peito, porém sinto que estou passando minhas unhas em uma rocha. Não... em uma pedra que foi esculpida pelo mais puro magma, pois o calor que está saindo daquele corpo é intenso. Exclamo sem voz quando ele invade minha intimidade com seu membro ereto. Me abaixo, quase deitando em seu peito, enquanto o cavalgo e mordo seu pescoço com vontade. Meu instrumento de prazer entra em delírio com a mordida, sua mão vai para trás de meu corpo, deslizando até chegar aos meus cabelos, os quais ele segura e puxa, erguendo assim minha cabeça. A outra mão livre segue em direção de meu seio, que agarra com força. Para cada leve puxão, o cafajeste dava uma estocada mais forte e com mais vontade; sinto que, se ele pudesse, me ergueria até o teto com sua ferocidade.

"Maldito gostoso", quero dizer, mas não vou dar-lhe esse gostinho, se bem que ele sabe que estou gostando, pois estou mordendo tão forte meu lábio inferior que já sinto um leve gosto de sangue.

Retiro suas mãos de meu corpo, mostro para ele que aqui quem comanda sou eu, e cavalgo aquele garanhão negro sem parar. Não lhe dou tempo para respirar, aquele corpo é meu, serei eu que vou terminar este embate. Ele implora para que eu pare, mas não paro. Quero sentir sua ferocidade, seu êxtase dentro de meu corpo, quero olhar para seus olhos esmeralda, sentir que ele foi do céu até o calor do inferno.

— Mila... — ele tenta dizer meu nome, mas calo sua boca ofegante com um dedo.

— Você não tem permissão para dizer meu nome — lembro-lhe. — Aqui sou sua Senhora, Capitã deste navio.

Meu parceiro delira com minha ordem e não consegue mais se segurar, sinto seu pau pulsar mais forte a cada sentada, até ele chegar ao seu limite e gozar gemendo alto, despejando toda sua ferocidade dentro de mim. Me sinto poderosa sobre aquele homem que está à minha mercê.

Deito minha cabeça em seu peito e ouço aquele tambor diminuir seu ritmo. Saio de cima dele e me deito ao seu lado. Meu deus de ébano me abraça, envolvendo seu corpo ao meu, suspirando em meu ouvido. Quando ele estava tentando formar palavras, alguém bate à minha porta.

— Senhora, Capitã, avistamos nosso alvo a cinquenta léguas ao leste. — Meu contramestre anão, Rodek, profere as palavras que são músicas para mim. Sorrio satisfeita.

— Já estou indo! — grito em resposta.

Viro meu olhar para aquele grande animal abatido em minha cama, com seus olhos brilhando em minha direção.

— Não temos tempo para seu descanso, Zuhan, vamos nos vestir, pois daqui a pouco você vai manejar outra coisa — digo ao meu cozinheiro, que sorri e se levanta, seguindo em direção a suas roupas e seu grande martelo de duas mãos.

Levanto-me para me vestir com minhas roupas e a armadura de couro por baixo como proteção, isso se alguém conseguir me atingir. Ao terminar, dou um último beijo com uma leve mordida naqueles lábios carnudos, apertando seus ombros largos com as mãos. Em seguida, pego minhas duas cimitarras, meu chapéu, aquela garrafa de vinho que ainda não terminei, e abro as portas de minha cabine. Subo as escadas para avistar homens sedentos por sangue, luxúria e riquezas.

Vou andando na direção deles com imponência e todos abrem o caminho a cada passo que dou, repetindo minhas palavras pra motivar a minha tripulação, pois logo o embate irá se iniciar.

— Bucaneiros — digo olhando para cada um ali. — Meus cães do mar... mais uma vez ***Alvarir**** nos presenteia com um navio a ser saqueado com ouro, comida...

— E mulheres! — grita um dos cães.

— É bem possível, bucaneiro — respondo olhando na direção de quem gritou. Os marinheiros abriam caminho revelando quem dissera aquelas palavras. — Mas você sabe muito bem que temos normas aqui, e quem as ultrapassar terá seus membros decepados e entregues à deusa do mar. — Me aproximo do cão, que se acuou. — DESEJA ISSO, MARINHEIRO? — pergunto dando em seguida uma golada da garrafa de vinho que levava em mãos, esperando sua resposta.

— Não... Não senhora — ele responde, encolhido. Sorrio.

— Voltando ao nosso assunto, marinheiros... hoje terão oportunidade de voltar para sua terra com mais dinheiro no bolso do que vocês possam carregar. Os que sobreviverem terão ouro e entrarão para os contos de pirataria. Os inimigos que se renderem serão poupados, mandados de volta para seu lar para contar sobre quem lhes deu um chute nos seus traseiros. — Eles riam. — Mas aqueles que desejarem ser heróis e não se renderem, terão seu fim pelas lâminas de nossas espadas! — Todos os meus homens erguem suas armas, uma gritaria no navio.

— Contramestre, coloque todos em seus postos, vamos abordar aquele navio! — falo com tom de voz mais alto, e todos os membros da tripulação correm para seus postos.

O meu navio vai de encontro ao outro. Com uma abordagem rápida, emparelhamos ao lado da embarcação. Meus homens saltam com suas armas empunhadas e o derramamento de sangue acontece. Zuhan, com seu grande martelo, salta na direção de sua vítima aplicando-lhe uma porrada tão forte na cabeça que um de seus olhos salta pra fora. Em seguida, ele aplica outro golpe no peito de outro marinheiro, o choque é tremendo e é possível escutar a sua caixa torácica sendo destruída. Aqueles sons de gritos, choques de armas e sangue jorrando me excita.

A luta não demora mais do que vinte minutos. Conseguimos tomar o navio com poucos marinheiros rendidos. Minha tripulação tem algumas baixas, mas nada que não possamos repor quando voltarmos à terra firme. Enquanto caminho analisando a situação banhada em sangue e sedenta de tesão, pois minha adrenalina está a mil, um dos meus cães corre em minha direção informando que Zuhan havia sido abatido e que estava agonizando no chão do camarote do capitão daquele navio.

Corro o mais rápido que posso e encontro meus homens na frente da porta, tentando invadir o recinto, mas alguma coisa os impedia de passar.

— SAIAM TODOS DA MINHA FRENTE! — grito. Imediatamente todos abrem passagem e vou em direção ao local onde deveria haver uma porta, mas estava toda quebrada, provavelmente pelos golpes do martelo de Zuhan.

Avisto-o no chão, já morto com um corte no pescoço e, ao seu lado, outros homens que tiveram o mesmo destino. Diante dele estava seu algoz, um homem loiro de olhos dourados, iguais a dobrões de outro, segurando uma espada longa banhada em sangue.

Noto que tem o corpo grande, largo e forte. Está cansado, ofegante, provavelmente machucado, e não desvia seu olhar de tigre de mim. Sinto que qualquer vacilo meu e minha vida será cessada pela lâmina dele. Dou um passo para frente e ele fica em posição de combate. Meus homens, atrás de mim, reagem, mas dou ordem para que eles não se mexam, pois aquela presa é minha e de mais ninguém. Saco minhas duas cimitarras e giro-as, sorrindo.

— Você tem muita coragem, capitão, mas sua tripulação está morta e os que sobreviveram já se renderam aos meus encantos. Vou dar-lhe uma única chance: renda-se a mim e sua preciosa vida será poupada.

O maldito, porém, não responde. Continua a me encarar, não ligando pra nada em nossa volta. Seu olhar de tigre me penetra cada vez mais, me estudando, avaliando o local, tentado ver a melhor forma de ganhar, ou só recuperando seu fôlego para pular em cima de mim.

— Está certo... teve sua chance, agora você terá o prazer de encontrar a morte!

Salto em sua direção. Minhas cimitarras encontram a espada longa do meu inimigo, o nosso conflito é intenso, mas eu saio vitoriosa com alguns cortes. O desgraçado sabe lutar, até uma cabeçada ele usou nessa luta. Admiro minha besta ferida no chão, que só aguarda o momento do seu fim, todavia alguma coisa naquele olhar me encanta, me fascina, e não consigo tirar sua vida. Não agora, primeiro preciso saber quem ele é.

— Seja bem-vindo, prisioneiro. Será hospede do navio Sereia Negra — digo-lhe desferindo, em seguida, um chute na cabeça, apagando o desgraçado.

Pegamos todas as mercadorias possíveis para vendas, os mortos jogamos ao mar e aos que se renderam passei a mensagem.

— Este mar pertence a Milandre, Capitã do Sereia Negra. Que paguem o tributo em ouro ou com a vida — digo, libertando-os em seguida.

Meus marinheiros não gostam muito de saber que o cozinheiro havia morrido, e muito menos que o seu assassino estava em minha posse, vivo. Dou ordem ao meu contramestre para partir ao nosso lar.

Alguns dias se passam e minha vontade de ver e tocar em meu prisioneiro aumenta cada vez mais. Não entendo por que aquele homem não sai de minha cabeça. O contramestre contou-me que os marinheiros estão putos por manter o assassino de Zuhan vivo. O maldito tem sido torturado e não disse uma palavra sequer até agora. Quem ele é? Em nosso embate, ele mostrou-se ser um excelente guerreiro, hábil e ardil. Involuntariamente, passo minha mão no local onde ele me acertou com a lâmina.

— MERDA! — me exalto, assustando Rodek. Estamos em minha cabine tentando descobrir a qual companhia pertencia aquele navio. Sabemos somente que carregava minérios e bebidas, mas não descobrimos seu destino.

— O que foi, senhora?

— Nada — digo, pegando o diário do capitão, que fora queimado pelo prisioneiro, e lançando-o na parede. — É isso o que temos. Nada.

Rodek me observa calado e o ordeno que saia. Não preciso de mais pessoas para encher minha cabeça. Aquele maldito homem já a preenchia o suficiente. Pego uma de minhas garrafas de vinho, abro-a e bebo-a direto do gargalo, jogando meu corpo na cadeira.

Minha cabeça está a mil. Obrigo-me a levantar e sair de minha cabine em direção à cela. Lá encontro meu prisioneiro nu, de cabeça baixa, acorrentado à parede. Não há mais ninguém ali e tranco a porta atrás de mim. Observo atentamente sua estrutura larga e grande, me deliciando com a masculinidade evidente daquele estranho. Vejo-o erguer a cabeça, os cabelos loiros caindo sobre seus olhos.

Sinto meu ventre contrair de desejo com a visão. Me aproximo sedenta, cada passo firme, desejando saboreá-lo. Percebo-o me admirar enquanto me aproximo. Toco seu peito ferido com uma das mãos e ele imediatamente fecha os olhos, sentindo meu anseio por luxúria. Ele volta a me observar com desejo e tesão, pois percebo seu pênis ereto. Passeio minha boca e minha língua por seu corpo viril, desejando ter menos roupas do que estou vestindo. Ouço-o gemer de prazer e sinto-o puxar uma das mãos presas às correntes.

Afasto-me e retiro minhas roupas sob o olhar desejoso de meu prisioneiro. Quando termino, sou admirada, nua e altiva diante dele. Me sinto poderosa com um servo ao meu dispor e prazer. Solto-lhe uma de suas mãos, ciente do perigo que só aumentava o tesão em foder com esse homem. Livre, sua mão passeia por meu corpo, aperta um de meus seios, beliscando o mamilo e aumentando meu prazer. Ela abandona meu seio e desce ao meu sexo molhado e sedento, penetrando dois de seus dedos. Solto uma exclamação de surpresa e luxúria enquanto sua boca toma a minha ferozmente. Sinto que poderia morrer de tesão ali devido ao prazer indescritível. Porra! Quero Mais! Quero ele dentro de mim, me fodendo até gritar. Seus dedos abandonam meu sexo e ele me puxa com seu único braço livre, erguendo meu corpo.

Seu pênis me penetra fundo e de uma só vez, me fazendo fechar os olhos e gritar intensamente.

Ouço um barulho, abro meus olhos e... estou sozinha. Sentada em minha cadeira, na minha cabine. A garrafa de vinho ao chão, minhas calças entreabertas. O barco balançava furiosamente, uma tempestade riscava os céus do lado de fora, e alguém batia furiosamente em minha porta.

— Minha Senhora! — É meu contramestre esmurrando minha porta. — Estamos sendo atacados! — Me levantei imediatamente ao ouvir a palavra que mais temia. — Navio Fantasma! É um navio fantasma!

Você ainda me atrai

BÁRBARA NOGUEIRA

— Você ainda continua atraente, sabia?

— Ah, não acredito! Eu queria ver se era você mesmo.

Digamos que por ironia do destino o encontrei de novo no meu ambiente de trabalho.

Já trabalhamos juntos em uma outra empresa, tivemos algo tórrido, mas nunca achei que o visse novamente.

A coisa estava ficando séria e fora de controle. E realmente não era isso que queríamos. Isso estava implícito em nossos últimos encontros.

Assumo que foi difícil deixar aquele corpo sarado, aquele pau gostoso, aquela boca ardente, aquela mão safada, mas ele não era o último homem bom de cama do mundo.

As loucuras eram o que mais nos prendia. Qualquer lugar era lugar e qualquer hora era hora. Eu sempre levava umas calcinhas extras na bolsa, porque nem sempre elas voltavam inteiras para casa, se é que elas voltavam.

— Então, nos encontramos de novo, Cairu.

— Não achei que fosse mais te ver. As coisas não terminaram bem entre nós.

— Eu sei disso, eu me lembro bem também — me disse espreitando os olhos.

— E agora você vem com essa: que ainda continuo atraente? Fala sério né, Ícaro!?

— Cairu sendo Cairu. Direta como sempre.

— Você costumava gostar disso.

Desafiei-o.

— Ainda gosto.

Ai, meu Deus, aquele olhar de novo, não!

— Bom, Ícaro, já que está aqui, preciso de alguns relatórios da sua equipe, que estão atrasados. Como ficamos sem um gerente adequado no seu departamento, o serviço ficou e está atrasado. Pode dar um jeito?

— Estou levantando os dados e todo o serviço está atrasado. Serão longos dias de serviço. Confesso que está tudo uma bagunça.

E realmente tudo estava uma bagunça.

XXX

— Eu quero saber como o Sr. Ícaro conseguiu esta vaga? — perguntei à secretária do RH.

— Stra. Cairu, ele foi muito bem indicado ao RH, passou nas entrevistas e bum! Contratado. Algum problema com ele? Podemos arranjar outro.

— Não. Ele é bom no que faz. (Na verdade sempre foi). Deixe. Não temos tempo de arrumar alguém com as qualificações dele.

Agora quem precisaria rezar seria eu, pois estava com medo do que poderia vir.

Nossa história estava longe de ser um conto de fadas. Estava mais para 50 tons, com muito drama e sem o quarto vermelho de jogos.

No passado era o inverso, eu era sua gerente e ele meu superior. Aprendi tudo com o melhor, porque realmente ele é o melhor. Sempre fui dedicada e gostava do trabalho. Entre horas extras na empresa, sozinhos, começou uma amizade, alguns drinks, outros *Happy Hours*, até o primeiro beijo, primeira mão boba, a primeira punheta, o primeiro boquete, a primeira rapidinha e depois o sexo; a princípio na mesa do escritório, depois no banheiro, escadaria, garagem... Só que aí vieram os sentimentos. Acredito que de ambas as partes, mas não estávamos preparados para isso. Eu queria subir mais na minha carreira, e ele também. Não estávamos prontos para um relacionamento e coisas cor de rosa, não nos víamos como um casal — Ícaro e Cairu.

Por outro lado, achamos que poderíamos tomar conta da vida um do outro, não que eu estivesse saindo com mais alguém e, segundo ele na época, também não. Na verdade estávamos nos tornando um casal e isso nos assustou.

As cenas de ciúmes, as picuinhas, os presentes, os cuidados, as escovas de dente, o armário com os lados separados, as mensagens, os sorrisos, as músicas bobas, fazer supermercado com as coisas que ele/ela gostavam, roupas para lavar, calcinha no chuveiro dele — sim, já éramos um casal e não percebíamos.

E só percebemos isso quando realmente nos separamos e tivemos que entregar as coisas um do outro.

♡♡♡

— Eu quero o Ícaro aqui, agora!

A secretária saiu correndo da sala mediante o meu berro para chamar aquele lunático.

Em poucos instantes, ele aparece com aquela cara de sonso.

— Mandou chamar, superior?

— Entra e fecha a porta!

O sorriso sumiu do seu rosto e ele arqueou uma sobrancelha. Seu corpo também ficou ligeiramente rígido.

— Sério mesmo que você quer trazer o Will para esta empresa? Onde você está com a cabeça? Seu setor já está uma bagunça e você ainda quer trazer ele pra cá?

— Sério que me chamou para isso? Você leu meu relatório? Será só por 30 dias. Eu sei que consigo consertar esta bagunça, mais preciso dele pensando comigo. Por 30 dias pelo menos. Por favor, superior!

— Ícaro, mais respeito! Não me chame assim. Não sou mais aquela mocinha que fazia hora extra com você.

— Eu sei que não, porque hoje a aprendiz superou o mestre.

E ao dizer isso, ele veio se aproximando, olhando bem nos meus olhos, puxou minha mão e a beijou.

Sabe aquele arrepio que toma conta do corpo? Eu senti, principalmente lá nas partes baixas.

— Para com isso, Ícaro. De novo não.

— Ok! Ok! Eu sei que te apavoro, mas você sabe que não posso te enfrentar.

— Pode sair agora. Se você quer o Will, então chame-o. Mas não quero ele dando problemas com as meninas daqui. E serão somente 30 dias, então não desperdice tempo, porque ele já está correndo.

Will era muito mulherengo, a ponto de ser indecente e indiscreto. Tentou me beijar uma vez e retribuí com um belo tapa na cara. Eu consegui me desvencilhar dele, mas tinha outras meninas que não. Tadinhas... novinhas e inexperientes, caíam na lábia dele até o sexo rolar. Se ele gostasse da cama, ficava umas duas semanas com a moça, se fosse ruim, dispensava logo no dia seguinte.

Aí tínhamos olhos vermelhos, narizes irritados, corações partidos... Todo aquele drama "Achei que ele gostava de mim". Só espero que ele não me cause problemas na empresa.

Apesar das canalhices, ele era um ótimo consultor e fazia uma dupla dinâmica com o Ícaro. Já os vi trabalhando e pareciam loucos para resolver um quebra-cabeça.

Que seja o que Deus quiser!

♡♡♡

— Will, esta é a...

— Cairu?! É você, mulher? Você não tinha me falado que ela trabalhava com você, cara! Continua gostosona. Puta que pariu!

— Em primeiro lugar, Will, eu sou a diretora-geral desta empresa. Contenha seus modos ou você mal chegou e já irá embora.

— Essa é a Cairu que eu conheço!

— Will, acho melhor você levar a sério o que ela diz, porque não posso fazer muito por você desta vez, cara.

— Ok! Ok, já entendi.

— Você e o Ícaro têm 30 dias para apagar o incêndio. Sei que você é bom, e que vocês juntos são ótimos. Não quero problemas com as minhas meninas, você está ouvindo BEM? Simplesmente quero que trabalhe e vá embora.

— Ok, general! Trabalhar e ir embora. Entendi. Mas que você continua gostosa, continua.

— Leva ele para a sala de vocês, Ícaro, antes que me arrependa.

♡♡♡

Passaram 15 dias sem nenhuma intercorrência emocional da parte das meninas do escritório. Parece que o Will estava trabalhando direitinho.

Ainda era estranho cruzar com Ícaro nos corredores. Às vezes pegava ele me olhando, ou ficávamos próximos ou nos esbarrávamos sem querer, e logo saía para ir ao banheiro a fim de molhar a nuca ou para enxugar outras partes.

Já fazia uns três anos que não nos víamos, desde a nossa despedida desastrosa.

Foi muito estranho o que aconteceu conosco. E desde que o vi, não parava de rever aquela cena repetidas vezes na minha mente.

Fomos secos, racionais, sem respeito ou consideração.

Depois de uma noite num barzinho, tive uma monstruosa crise de ciúmes. Tentávamos nos tratar com indiferença mas, mesmo assim, ainda saímos.

Marcamos no nosso Pub preferido (coisa de casal) e acabei me atrasando; ele, achando que eu tinha feito de propósito para deixá-lo esperando, começou a beber e dançar com "umazinha" qualquer.

Quando eu o vi, já fiquei possessa. Ele, quando me viu, ficou me encarando com aquele olhar desgraçado de sedutor, enquanto a fedelha se esfregava nele.

Eu só cheguei perto dela para que ouvisse bem: "Para de se esfregar no meu homem, sua vadia!"

A menina ficou me olhando para ver se valeria a briga, mas quando ela olhou, buscando apoio de Ícaro, ele só olhava para mim.

— Quer saber? Vão se ferrar vocês dois. Estou cheia de briguinha de namorados — disse a desconhecida.

Enquanto ela falava isso, ficamos ali nos olhando, sem nada para dizer um ao outro.

— Eu vou embora. Não vim aqui para te ver se esfregando com uma biscate.

Ele tentou pegar meu braço, mas não deu tempo. Já estava na rua esperando o Uber — sabe Deus como consegui tão rápido. No entanto, Ícaro chegou e parou do meu lado.

— Vou com você. Precisamos conversar.

♡♡♡

— Que saco, Cairu, por que demorou?

— Eu estava terminando de fazer algumas coisas aqui em casa e perdi a hora, só isso!

— Por que não enviou mensagem avisando?

— Para quê? Para dar tempo de você dar uma rapidinha com aquela vaca?

— Não fala assim, Cairu.

Ele veio se aproximando de um jeito manso.

— Não?! Quantas vezes a gente já fez isso, Ícaro?

Fui me afastando dele, colocando as mãos na cintura.

Ele já estava bem estressado, pois dessa vez respirava fundo ao passar as mãos na cabeça.

— Então é sexo que você quer?

— É só sexo que nos une, Ícaro.

As palavras saíram da minha boca sem pensar — e dizem que elas têm poder —, então senti neste momento. Foi como ter dado um soco na cara de Ícaro.

Ele perdeu a cor, perdeu o brilho, perdeu o sorriso. Só ficou ali, parado na minha frente com a mão na cintura, não acreditando no que eu disse.

— Então é isso? É só isso que nos une, Cairu?

— O que você quer, Ícaro? Cairu e Ícaro não são namorados. Cairu e Ícaro não vão ao cinema. Cairu e Ícaro não andam de mãos dadas. Cairu e Ícaro só fodem como coelhos.

Ele continuava parado me ouvindo. Por que ele não me beijava para calar esta boca maldita que não estava falando nada com nada?

Acho que ele ouviu meus pensamentos e disparou em minha direção, me empurrando de encontro à parede, subindo meu vestido e socando um dedo dentro de mim. Começou a me beijar num desespero e a socar o dedo cada vez mais forte.

Mediante o rompante dele, não tive ação e também nem queria ter, só queria ele dentro de mim logo para acalmar toda aquela raiva e tristeza que eu estava sentindo no momento. Eu já sabia que seria a nossa última vez, porém não achava que seria assim.

Não dissemos nenhuma palavra. Ele continuou a me pressionar na parede, fui logo tirando sua camiseta e ele afrouxando o jeans, até que seu pau entrou sem dó, sem tato, sem gentilezas.

Só se ouvia nossos gemidos, todos eles misturados com a nossa covardia de nos assumirmos: nossos medos e sentimentos reprimidos.

Foi aquela "rapidinha" seca, sem emoção, silenciosa, somente sexo mesmo.

Quando ele gozou com sua última estocada forte, ele me soltou, pegou a camiseta no chão e ajeitou o Jeans.

— Eu volto depois para buscar minhas coisas.

E saiu batendo a porta, me deixando ali sozinha, com lágrimas escorrendo dos meus olhos e porra nas minhas pernas.

♡♡♡

Toc! Toc!

Era Ícaro batendo na minha porta. Levei um susto, pois achei que estava sozinha na empresa.

— Oi! Achei que estava sozinha.

— Isso aí é whisky?

— Você cria alguns hábitos em um meio comandado por homens. Aceita um gole?

— Não vou negar, tive um dia de cão.

Levantei da minha mesa e fui até o bar que ficava na sala para lhe servir uma dose.

— Aqui está. Sente-se! Eu não mordo...

— "A não ser que me peçam" — falamos juntos.

— Você não se cansa dessa piadinha, Cairu?

— Ela costuma funcionar, às vezes.

Acabei dando um sorriso sem graça para ele e levantei o copo em um brinde. Sentei na cadeira ao seu lado. Não deveria ter feito isso, logo senti o seu perfume.

Bebemos em silêncio, confortável até, mas o seu perfume já estava me inebriando, até que resolvi levantar e ir embora.

— Bom, acho que por hoje chega.

Levantei-me e deixei meu copo na mesa. Neste momento sua mão me tocou e ele levantou, ficando do meu lado.

— Cairu, eu queria...

— Não, Ícaro! Não precisa...

— Eu preciso te pedir desculpas por aquele dia. Por ter te deixado daquele jeito. Eu queria ligar, mas não tive força.

Ele estava tão perto. Meu ombro estava encostando em seu braço, suas palavras estavam sendo ditas bem ao pé do meu ouvido.

— Eu também não disse palavras gentis.

A sua mão foi subindo pelo contorno do meu braço, até que ela passou a acariciar meu rosto.

— Você continua tão linda...

Ele veio chegando, e chegando... Até que a sua boca encontrou a minha.

Sim, eu estava dentro daquele turbilhão novamente. Mesmo depois de três anos, ele sabia onde tocar em mim para me deixar toda acesa e molhada.

Suas mãos já estavam segurando meu rosto, e estávamos unidos num beijo avassalador.

É possível alguém ficar mais gostoso do que já é? Seu corpo parecia mais sarado, mais definido... ou tudo aquilo era saudade?

As coisas começaram a esquentar com ele me pegando no colo e colocando-me em cima da mesa. Nossas bocas não se separavam nem para respirar. Ele já estava tirando o casaco.

— Ícaro, não!

Eu tive um momento de lucidez. EU TIVE UM MALDITO MOMENTO DE LUCIDEZ.

Parecia que ele também havia acordado do transe e começou, desta forma, a se afastar de mim.

— A gente sabe o que acontece em seguida. Nós já fizemos isso, Ícaro.

— Eu sei. Eu sei, me desculpa! Mas a questão é: ainda pensamos do mesmo jeito que três anos atrás?

♡♡♡

Aquela pergunta ficou ecoando na minha cabeça. O que será que ele quis dizer com isso?

Fiquei imaginando como seria tê-lo de volta. Foi doloroso demais vê-lo partir. Foi intenso demais o que tivemos. Será que o queria de volta? Demorou tanto para eu superar nosso rompimento, nossa covardia.

Mas de uma coisa eu sei: eu o queria.

♡♡♡

Faltava uma semana para Will ir embora. O incêndio no setor de Ícaro aos poucos estava sendo controlado, ambos estavam fazendo um ótimo trabalho. O meu presidente estava contente, as coisas estavam indo bem.

Eu e o Ícaro não tivemos mais nenhum episódio como aquele, apesar de ver várias vezes as luzes de sua sala acesas quando eu estava indo embora. Tentei bater algumas vezes na porta, porém minha mão sempre ficava suspensa no ar, balançava a cabeça e ia embora.

Parecia que ele também estava me evitando. Tudo estava acontecendo de novo.

♡♡♡

— Frida, passe uma circular para todos os setores de que o nosso presidente nos presenteará com uma confraternização na sexta-feira. Que todos OS FUNCIONÁRIOS estão convidados.

— Mas Stra. Cairu, não é nem final de ano ainda.

— O Sr. Malvin está contente com o desempenho da empresa e quer comemorar. Não vamos discutir — concluí com uma piscadela.

— Ok. Vou providenciar.

♡♡♡

Dia da confraternização.

Óbvio que todos gostavam de festa, né? Estavam todos presentes.

— Eu, Cairu, em nome do nosso presidente, Sr. Malvin, quero parabenizar todos pelo desemprenho na empresa. Como forma de agradecimento, ele resolveu nos presentear com esta pequena festa. Aproveitem! Obrigada!

A multidão começou a dispersar e assim, a festa começou.

Conversei com algumas pessoas, dei algumas risadas... Mas de longe só tinha olhos para uma pessoa: Ícaro. E parecia que ele, igualmente, para mim, porque nossos olhares se cruzaram várias vezes e, depois de muito tempo, ele voltou a sorrir para mim.

Não resisti e fui de encontro a ele.

— Ótimo trabalho, Sr. Ícaro! Parabéns!

— Obrigado, superior.

Ele disse bem baixo só para eu ouvir.

Comecei a rir. Ele sempre foi engraçadinho. Sempre me fez rir. Era bom sentir isso de novo.

— Parece que todos sob sua direção estão felizes e produzem bem.

— Fico aliviada. Também, aprendi com o melhor. Na verdade nunca soube por que foi embora da outra empresa.

— Recebi uma proposta para sair do país nos últimos 3 anos. Por isso eu sumi. Foi muito bom para minha carreira, porém quando retornei não me quiseram de volta, então aqui estou. Só soube que você era diretora-geral depois da contratação.

— Uau! Eu acabei pegando seu currículo com o RH para ver depois. Eu vi para onde foi. Muita coragem ter iniciado aquele projeto, ainda mais fora do país. Parabéns!

— Obrigado! E veja só você também, diretora-geral. Trabalhou muito para isso, não?

— Sim. Você mais do que ninguém sabe o quando me custou. Bem, acho que já vou embora, assim deixo os empregados mais à vontade. Vou só pegar minha bolsa. Parabéns mais uma vez, Ícaro.

— Obrigado! O Will pediu para agradecer a oportunidade. Deve estar bebendo em algum lugar por aqui. Mas ele pediu para agradecer.

— Parabenize-o em meu nome, por favor. Mas confesso que estou agradecida por ele ir embora.

Nós dois rimos.

— Já vou indo.

— Tchau, Cairu.

♡♡♡

Subi pelo elevador sozinha, respirando fundo e pensando mil coisas. Ele ficou fora por três anos, por isso também nunca mais ouvi nada sobre ele. Nossos amigos nos poupavam dos comentários e também de tudo que foi dito e feito, não tínhamos coragem de ligar e a vida seguiu para os dois.

Cheguei na minha sala e fui pegar a bolsa. Acabei me distraindo com as coisas na minha mesa. Estava de costas para a porta e ouvi alguém bater.

— Achou que eu ia embora sem me despedir de você, Cairu?

Arrepiei-me inteira, mas não era aquele arrepio prazeroso, e sim de medo. Me virei para ter certeza de quem era.

— Will!? Não havia lhe encontrado, deixei meus parabéns a você com Ícaro.

Sorri para ele sem graça, e comecei a analisar em volta; não havia mais ninguém naquele andar. Só eu e ele.

— A Cairu, sempre educada...

— Só vim buscar minha bolsa, já estou indo embora para deixar os funcionários mais à vontade.

Saí com a minha bolsa e fui direta.

— Vamos?

Ele ainda estava na minha frente, sem intenção de me deixar passar.

— Will, podemos sair daqui? — insisti.

— Acho que não, minha querida. Meu rosto queima toda vez que vejo você. Lembro bem daquele tapa.

— Foi merecido, não? Já havia falado que não queria.

— Hoje você vai me pagar, Cairu.

Will esbofeteou meu rosto. Fiquei meio tonta e ele, agarrando-me pelos cabelos, me virou de costas e começou a amarrar minhas mãos não sei com o quê. Logo, me jogou para cima da mesa. Eu comecei a gritar, mas ele dizia que eu poderia gritar à vontade pois ninguém nos ouviria, ninguém sabia que estávamos lá.

— Para, Will! Por Favor!

— Você acha que eu não sei de você com o Ícaro? Desde a outra empresa vocês dois fazem extra no trabalho e na cama, não é?

Falando assim, ele se esfregava mais e meu desespero aumentava.

— Não, Will!

Eu já estava chorando, sem forças para tentar me virar. Ele ia me estuprar.

— Sua vadia! Você é muita safada! Pagando de durona no escritório e é uma bela d'uma sem vergonha que transava com chefe na mesa dele. Agora é a minha vez de te comer.

Eu estava chorando demais, já estava perdendo um pouco da noção das coisas, só percebi que ele já havia levantado minha saia quando deu um tapa na minha bunda, que estalou e doeu demais. Meu rosto também ardia.

— Agora eu vou te foder sem dó, sua vagabunda.

— Will, não! Para! Para com isso! Socorro! Socorro!

— Cala a boca, vadia! Ninguém vai te ouvir...

— Ahhh, vai ouvir sim, seu canalha! Solta ela agora!

Senti o peso do Will sair de cima de mim e comecei a ouvir socos e trocas de xingamentos, até que olhei e vi Will desmaiado no chão.

— Ícaro! Ícaro, graças a Deus!

Aí sim comecei a chorar mais e mais. Achei que era o fim para mim e ele apareceu.

— Como soube? Como soube que estávamos aqui?

Ele veio ao meu encontro me levantando do chão e me desamarrando.

— Eu não acredito que ele fez isso com você. Cairu, você está bem? Ele te machucou? Cairu, ele te estuprou?

Suas últimas palavras saíram raspando pela garganta. Ele estava tremendo junto comigo.

— Não, você chegou a tempo.

Ícaro me soltou e foi até o corpo estendido de Will, e então começou a amarrar as mãos dele.

— Vou ligar para a polícia e denunciar este filho de uma puta.

Ícaro tomou a frente de tudo, chamando os seguranças e a polícia.

Levaram o Will da minha sala, fui fazer o exame de corpo de delito e Ícaro me levou para casa. Depois ele voltaria ao escritório, pois meu carro havia ficado lá, junto com as coisas dele.

Já era tarde da noite. Ele havia me preparado um banho, fez algo para comermos e preparou um chá para nós.

Sentados no sofá...

— Que noite hein, Srta. Cairu!

— Que noite! Obrigada, Ícaro. Obrigada mesmo.

— Eu que tenho que te pedir desculpas, afinal ele estar presente na empresa foi culpa minha. Você já havia me alertado.

— Mas nunca achávamos que ele chegaria a esse ponto.

Ele se levantou, ficou na minha frente e se ajoelhou no chão, pousando a cabeça no meu colo e me abraçando. Lágrimas voltaram a brotar nos meus olhos, eu comecei a acariciá-lo.

— Cairu, o que seria de mim se algo tivesse acontecido com você?

— Não sei, Ícaro! O que seria de mim se você não tivesse entrado naquela sala?

Eu peguei seu rosto e o beijei. O beijei com toda a minha alma, o beijei com sofreguidão.

— Cairu, não é uma boa ideia.

— Ícaro, eu quero você. Eu quero você desde quando te vi naquele dia. Eu descobri que queria você quando foi embora. E não querendo ser grossa, mas preciso de sexo agora. Preciso sentir que me quer ainda.

Surgiu um sorriso triste, de canto de boca nele. Ele veio me beijar novamente, agora com mais ardência.

— Cairu sendo Cairu, sempre direta. Depois de uma noite como esta, só você para pedir sexo. Você tem certeza?

Eu disse que "sim" com a cabeça, bemmmmm manhosa.

— Está certo. Então vem cá que eu estou morrendo de saudade do seu corpo.

Ele me levou para meu quarto, deitando-me na cama bem devagar... desabotoando meu pijama lentamente e sempre beijando meu pescoço. Eu, que já estava em delírio, joguei a cabeça para trás e gemi a cada toque.

Meus peitos ficaram expostos, e inclinei o corpo um pouco mais, deixando-o ter uma boa visão.

— Seus peitos sempre foram lindos.

Suas mãos fecharam em torno deles, trazendo sua boca. E as minhas mãos foram direto para seus cabelos. Era bom sentir aquele cheiro familiar de novo.

— Tira essa camisa, Ícaro, deixa eu ver seu corpo de novo.

Ele me deixou com "frio" quando sua boca saiu dos meus peitos. Deitei mais relaxada na cama, enquanto admirava ele desabotoar cada botão de sua camisa até mostrar aquele tórax sarado. Não resisti e sentei novamente para passar a mão naquele tanquinho. Comecei a desabotoar o cinto dele para abrir a calça.

Comecei a ficar com pressa para desabotoar aquela calça logo, queria ver, queria sentir aquele pau maravilhoso de novo. E lá estava ele, pronto para mim.

— Quero você, Ícaro...

Minha voz saiu num sussurro chamando por ele.

Levantei da cama para buscá-lo de volta, fazendo-o cair sobre mim. A cena era tão familiar e nova ao mesmo tempo... Seu sorriso safado e eu com a mão no corpo dele.

Ele veio ao meu encontro e me beijou. Ao me beijar, foi tirando a parte de baixo do pijama. Pude senti-lo abrindo caminho entre minhas pernas, pronto para me penetrar, mas ele não estava com pressa, colocou minha calcinha de lado, ficou segurando seu membro bem na entrada da minha boceta, esfregando-o pra cima e pra baixo, rebolando e me provocando só com a cabeça, me deixando bem molhada.

Tão diferente da nossa última vez. Tão educado e caloroso...

Quando já não aguentava mais sua tortura, ele segurou com as duas mãos meu quadril e me penetrou com força, do jeito que gostávamos. Me fez gemer alto dessa vez.

Ouvir nossos gemidos juntos de novo era ótimo. Estar com ele de novo dentro de mim era ótimo! Logo gozamos juntos.

Estávamos os dois deitados na cama, já tínhamos feito amor umas duas vezes e ainda estávamos morrendo de saudades um do outro.

— Acho que vou ter que pedir demissão amanhã!

Isso me assustou; o medo e o pavor de quando ele me deixou apertou meu peito. Apoiei a cabeça nas mãos e perguntei séria para ele:

— Como assim, Ícaro?

— Porque não posso trabalhar na mesma empresa que a minha NAMORADA dirige.

Tatuagem vicia?

CIELI SILVA

Droga, estou atrasada! Minha mãe vai me matar, e se ela não me matar, passará a vez para o tatuador. São 7:30 da manhã e eu estou tirando meu carro da garagem para buscar minha mãe em sua casa. Combinei que esse horário já estaria lá, e olha só onde estou, saindo de casa ainda. Em pleno sábado, meu dia de folga, um friozinho gostoso, minhas cobertas estavam me abraçando e implorando por mais cinco minutos, não resisti e acabei ficando mais quinze. Temos horário marcado com Jason Tattoo às 8:00.

Aliás, por livre e espontânea... pressão! Minha mãe me convenceu a fazer uma tatuagem junto com ela. Eu tenho pavor à agulha. Para eu tomar uma injeção é uma briga, agora imagine várias agulhas furando minha pele e deixando um desenho. Socorro! Estou num misto de ansiedade e medo. Pelo menos o tatuador é de confiança. Ao contrário de mim, minha mãe ama desenhar em seu corpo.

Chego na casa de minha mãe e ela já está me aguardando no portão.

— Bom dia, mãe! Bora?

— Bom dia, dona Alice atrasada! — ela me responde já tomando seu lugar no passageiro.

— Relaxa, dona Susana resmungona, vou encarnar o espírito do Airton Senna aqui e chego lá rapidinho.

Tenho uma relação de melhores amigas com minha mãe, eu tenho vinte e dois anos e ela quarenta, mas parecemos duas adolescentes juntas. Conforme ela me orienta, sigo o caminho a toda velocidade e às 8:12 estou estacionando na frente do estúdio.

— Doze minutos de atraso, o tatuador não vai nem perceber.

— Você acha que não? Olha ele ali na porta, já esperando — minha mãe responde já descendo do carro e cumprimentando um "armário" parado na frente do estúdio.

Minha nossa senhora das calcinhas molhadas, que homem é esse? Um amontoado de músculos de braços cruzados parado na entrada. Por que minha mãe nunca falou que o tatuador dela era assim? O cara é gato demais. Tem a cor de chocolate, me fazendo, de imediato, imaginar lambendo-o inteiro.

Desço do carro e encaro seus olhos escuros. Abro meu melhor sorriso para disfarçar meu pequeno atraso.

— Olá, bom dia! — falo estendendo minha mão para cumprimentá-lo.

— Bom dia, vamos entrar, vocês estão atrasadas — ele fala apertando minha mão.

Que mão quente! Como que, em um frio de cerca de uns doze graus, esse homem está com essa mão quente assim? Será que o resto é quente também? Meu Deus, o que estou pensando? Vim fazer tatuagem. E estou morta de medo, lembra!? Foco, Alice!

Acompanho aquele gigante porta adentro, passamos pela recepção, onde encontra-se uma moça sorridente que nos acena com a cabeça, e seguimos até uma salinha simples, pré-sala de tatuagem.

— Então, já decidiram o local que vão tatuar esses elefantes? — Jason fala, sentando-se em frente ao computador e apontando para duas poltronas para nos sentarmos.

Vamos tatuar dois elefantes, um menor me representando, e outro maior representando minha mãe, entrelaçados em um coração. Minha mãe ama elefantes e, pesquisando sobre o animal, descobrimos que as fêmeas vivem em manadas e cuidam de suas crias enquanto os machos vagueiam sozinhos; eu e minha mãe nos identificamos com esse fato. O significado da tatuagem também faz sentido para nós, que é lealdade e prosperidade; assim, escolhemos nossa tattoo e Jason criou nosso desenho.

— Eu resolvi fazer no braço — responde minha mãe, decidida.

— Vamos começar então, dona Susana. Qual parte do braço exatamente deseja? Preciso tirar o tamanho.

E eu quero tirar o tamanho do seu pau... Para com isso, Alice! Foco!

Minha mãe mostra o local. Jason, com toda atenção, verifica o tamanho e imprime o desenho para fazer o decalque na pele dela. Eu apenas observo aquele homem interagindo com total respeito com ela. Reparo em cada detalhe dele. Queixo quadrado com uma barba muito bem desenhada, lábios carnudos extremamente convidativos, sobrancelhas limpas, cabeça raspada, uma aranha tatuada do lado esquerdo da cabeça, uma rosa preta tatuada no pescoço do lado direito, e aqueles olhos escuros parecendo duas jabuticabas completando a perfeição de seu rosto. Seu corpo, um espetáculo à parte, alto, musculoso e vestindo roupas justas que marcam toda a maravilha desse ser.

Será que eu aguento com um homem desse? Vou ter que dar duas viagens! Ele me esmaga se vier por cima. Para de pensar besteira, Alice. Controla esse fogo.

Estou pra entrar em combustão dentro dessa pequena sala, porque além de gato, o cara é cheiroso. Um perfume amadeirado delicioso sai de sua pele, provocando meu olfato e me fazendo delirar.

Meu Deus, o que está acontecendo comigo? Quero arrancar a roupa desse homem e lamber cada centímetro desse corpo. Quero essa careca no meio das minhas pernas. Ah, se controla Alice! Tudo bem que já faz uns 4 meses desde seu último namorado, mas porra, se controla! O cara é gostoso sim, mas mantenha o foco.

— Vou até a outra sala buscar luvas e já volto. — Ele sai me dando uma visão de seu traseiro perfeito.

— Alice, você vai pular no pescoço do Jason?

— O que eu estou fazendo? — respondo à minha mãe me fingindo de inocente.

— Como assim o que está fazendo? Você está babando em cima do rapaz, sua cara de pau!

— Tá dando na cara, mãe?

— Claro que tá! E ele também não tira os olhos de você.

— Mãe, ele é delícia demais. Ele não é gay, não né? E não me diga que você pega ele?

— Não para as duas perguntas. Me poupe, Alice, tenho idade pra ser mãe dele e, para seu conhecimento, a última vez que vim aqui ele me disse que tinha terminado com a namorada.

— Humm, bom saber. Ele é gato demais, por que nunca me falou dele? Se eu soubesse tinha aceitado seu pedido de fazer essa tattoo na primeira vez que falou. Vou pedir pra ele tatuar na minha bunda, quem sabe ele não aproveita e já me aperta e me pega de jeito...

Caímos na risada e Jason retorna nos pegando nesse momento.

— Tudo bem? Podemos começar, dona Susana?

Jason e minha mãe entram na sala e ele começa com sua obra de arte, me deixando com meus pensamentos pervertidos a seu respeito. Cerca de 30 minutos depois, ele acaba.

— Agora é a sua vez. Em qual lugar você quer seus elefantes?

Os elefantes eu não sei, mas sua tromba eu sei bem onde quero!

— Quero na panturrilha, mas vai com calma, eu tenho medo, é minha primeira tatuagem.

— Não precisa ter medo, é uma dor suportável. Por favor, levante a barra da sua calça para eu ver.

Droga, por que coloquei calças largas!? Minha vontade é de tirar as calças pra ele.

Jason analisa o local e chegamos num acordo sobre o tamanho ideal. Ele coloca o desenho para imprimir e tudo apaga.

Eu desmaiei?

— Merda! Não acredito que a energia acabou! — pragueja Jason.

— Graças a Deus, isso é um sinal divino pra eu não tatuar.

— Me deixe verificar o que está acontecendo. Já volto.

— É, acho que me safei! Vou ficar sem fazer.

— Ah, ele vai dar um jeito. Larga de ser medrosa, Alice. — Minha mãe me dá uma bronca percebendo que comemorei a falta de energia.

— Tá bom, mãe, eu vou fazer. Estou com medo, mas vou fazer. Não perco a oportunidade de ter aquelas mãos em mim.

— Sua safada, tá doidinha pra sentar no Jason, não é?

Mais uma vez ele volta e nos pega rindo.

— Alice, tenho uma má notícia. Estourou um transformador num poste aqui próximo. A região vai ficar sem energia o dia todo. A previsão de retorno é para o final da tarde.

— E agora? Fico sem tattoo?

— Claro que não, mocinha linda, assim que a energia retornar eu te ligo pra você voltar. Pode ser a hora que for, eu te atendo, não vou te deixar sem sua tatuagem. Será um prazer te atender mais tarde.

Jason me abraça num gesto carinhoso me consolando, e me faz sentir todo a dureza de seus músculos. Encaminha-me para fora da sala com a mão apoiada firme em minha lombar.

Sinto cheiro de reciprocidade aqui! Ahh, eu quero esses braços em volta da cintura e essas mãos explorando meu corpo. Chega de evitar meu desejo, meu foco agora é outro. Eu quero esse homem!

♡♡♡

Passo o dia à toa em minha casa pensando em táticas de sedução para usar naquele tatuador. Ele não me escapa. Próximo das 17hrs, meu celular mostra no visor o número do estúdio chamando. Tomo um banho rápido e retorno ao local. Abro a porta e dou de cara com a recepcionista, de saída.

— Oi, Alice, o Jason está te aguardando. Eu já vou. Você se importa em ficar sozinha com ele?

— Sozinha? Não! Sem problemas!

Era tudo o que eu queria.

Entro na salinha e lá está o tatuador com um olhar sexy e já com o desenho impresso em mãos, prontinho para o decalque em minha pele.

— A Janete ficou aqui o dia todo, assim que a energia voltou eu pedi pra ela te ligar e corri pra cá. Eu te prometi que faria sua tatuagem ainda hoje, e você não vai se arrepender.

— Ah, que maravilha! Vamos começar?

— Claro! Por favor, levante a barra da calça e deite na maca com a barriga pra baixo.

— Não vai dar, não — falo ao colocar o dedinho na boca com minha melhor cara de safada e apontando para a calça justa que vesti de propósito.

— Eu tenho uma toalha, tire a calça então.

Poder de sedução, não vá falhar agora. Quero sair daqui hoje não só com uma arte no corpo, mas também com a experiência de uma transa.

Jason me entrega a toalha e se vira de costas. Eu tiro minhas botas, meias e calça, deito na maca com a bunda pra cima e descarto o uso da toalha para me cobrir.

— Está pronta?

— Sim, pode começar.

Jason se vira e me vê deitada apenas com minha blusa de malha fina e uma calcinha fio dental preta.

— Por favor, coloque a toalha em cima do bumbum, preciso de concentração para fazer o seu desenho.

— Desculpe, me esqueci dela. — Me finjo de sonsa e pego a toalha.

Jason se posiciona ao meu lado e começa a preparar o decalque em minha panturrilha. Sinto suas mãos passando pela minha carne e... espera, ele está sem luvas?

Ele acaricia minhas panturrilhas, suas mãos sobem para minhas coxas, mãos fortes me apertando até chegar na minha bunda. Num movimento rápido, ele me vira com a barriga pra cima e me beija ferozmente, me deixando sem fôlego.

— Eu sei o que você quer. E eu vou te dar, porque eu também estou louco de vontade de foder com você.

Yes!

Jason arranca minha blusa e começa uma trilha de beijos saindo de minha boca em direção aos meus seios. Tira meu sutiã com tamanha habilidade que eu nem percebo, só me dou conta quando ele já está abocanhando meu mamilo, sugando, lambendo e me fazendo pirar. Sua trilha de beijos e lambidas continuam em constante descida, passando por minha barriga e chegando aonde eu mais queria.

Agora é a hora da verdade. Não me decepcione!

Ele tira minha calcinha, me deixando totalmente nua em cima da maca, e passa sua língua num movimento de baixo pra cima, saindo da minha entrada já molhada até meu clitóris.

Ah, que língua macia, maravilhosa, lambe e suga na proporção perfeita. Estava ansiosa por essa careca no meio de minhas pernas.

Sinto meu centro estremecer e uma onda de calor invade meu corpo, me fazendo ter um orgasmo intenso na boca de Jason. Me levanto da maca e tiro cada peça de sua roupa, passando a mão por todo seu corpo definido. Ele é todo depilado e com grande parte do corpo coberto de tatuagens. Quando chego ao foco, minha boca enche de água: seu pau é enorme, grosso, e está duro feito uma rocha. Num ato de impulso, me ajoelho e engulo aquele membro delicioso; passo minha língua por todo seu comprimento. Sugo a cabeça, fazendo Jason gemer alto. Ele, sem aguardar mais nenhum segundo, me faz ficar de pé e me debruça em cima da maca com a bunda pra cima. Veste um preservativo e me penetra.

Puta merda, que loucura é essa. Estou transando com o tatuador na maca de tatuagem do estúdio dele. A loucura mais gostosa que já fiz na vida.

Jason agarra minha cintura com estocadas fortes, me levando ao ápice do desejo mais uma vez, deixando-me de pernas bambas. Sem dúvidas, o sexo mais inusitado e incrível da minha vida. Logo após, ele atinge seu prazer soltando um urro atrás de mim de maneira animal.

♡♡♡

Ganhei meus elefantes na panturrilha, e uma máquina que me fornece prazer. Agora tenho mais cinco desenhos espalhados pelo corpo, e inúmeras situações deliciosas, tudo feito com Jason Tattoo. Quando as pessoas me falavam que tatuagem era algo viciante, eu não acreditava, e agora posso confirmar. Sim, tatuagem vicia. Eu só não imaginava que fosse viciar no tatuador também.

Ai, meu coração!

CIRLENI CONDADOS

"O que você precisa é de um retoque total,
vou transformar o seu rascunho em arte final"
Kid Abelha.

Quinta-feira, 18 de junho de 2014

Ouço uma música ao longe, custo a abrir os olhos e perceber que é a música do meu despertador, mas também, quem mandou colocar logo *Como Eu Quero* para acordar? Pois é, sou uma pessoa com gosto musical *clássico*. Clássico sim, não aguento essas músicas da moda. Prefiro muito mais ouvir os sucessos dos anos 80 e 90. Não desligo o despertador e deixo a música tocar até o final. Espreguiço-me ainda na cama, estico-me toda, sinto tudo estalar. Acho que já estou ficando velha.

Levanto-me e sinto uma dor muito forte do lado esquerdo do peito, chego a ter vertigens. A dor se intensifica e caio na cama. Começo a gritar pedindo ajuda, chamo minha mãe aos gritos, e ela entra pela porta com a cara assustada, perguntando o que está acontecendo. Não consigo responder, a dor ainda está muito forte. Vejo minha mãe preocupada, gritando comigo até que... não ouço mais nada.

Acordo desorientada, sem saber onde estou. Olho para os lados e a vejo adormecida na poltrona ao lado da cama.

— Mãe! Onde estamos? Mãe! — Ela acorda com cara de preocupada.

— O que foi Isis, a dor não passou?

— Não estou sentindo dor, mãe, estamos num hospital? O que aconteceu?

— Você acordou gritando. Quando cheguei no quarto, você estava deitada na cama se contorcendo de dor, gritando por ajuda. Não me respondia, até que desmaiou.

— O quê? Desmaiei? Mas o que eu tenho? A senhora já sabe?

— Quando chegamos ao hospital, você ainda estava desacordada. Os médicos fizeram alguns exames e me disseram que você acordaria em breve. Estou esperando alguém vir me dizer os resultados. — Assim que ela fecha a boca, entra alguém pela porta, e pelo amor... Que homem é aquele?

Um moreno alto, forte, cabelos cacheados caindo um pouco na altura das orelhas, olhos castanhos que me sorriem junto de seus lábios carnudos. Está todo de branco, o que lhe dá um charme ainda maior, confesso. Dá água na boca e mil pensamentos pervertidos passam por minha cabeça. Acho que ele notou a forma como o olhava, pois abriu um sorriso ainda mais lindo para mim. Minha mãe fica me olhando como se dissesse *"tenha vergonha na cara, Isis, ele é um médico"*. Sinto um pequeno beliscão na minha perna e seguro um gritinho para não dar bandeira.

— Olá, meninas, sou o doutor Bruno Torres, médico cardiologista de plantão, já estou com os resultados dos exames da Isis.

— Ai, meu coração! O homem, além de um deus grego, tem uma voz poderosa que atingiu um ponto no meio das minhas pernas.

— Doutor Bruno, sou Ivana, mãe da Isis. O senhor tem algo a nos dizer? Estamos muito apreensivas. Por que ela desmaiou depois de uma dor no peito?

— Eu ainda não posso dizer com certeza porque precisamos fazer novos exames, mas suspeito que Isis tenha aterosclerose, uma doença cardiovascular causada por acúmulo de placas de gorduras nas artérias. Precisamos fazer outros exames para ter certeza e, como aqui na emergência não faz, sugiro que procure seu cardiologista o mais rápido possível para fazer os exames.

Arregalo os olhos e aperto a mão de minha mãe com tanta força que ela reclama.

— Isis, não tenha medo, cuidado rápido e de forma certa, nada acontecerá. Vocês têm um cardiologista familiar de confiança? Caso não, aqui está o meu cartão, ligue e marque uma consulta para amanhã mesmo, estarei te esperando no meu consultório. — Nem soube o que dizer com tanta generosidade. Minha mãe respondeu por mim:

— Muito obrigada, doutor Bruno, vou ligar agora mesmo. Minha princesa precisa se cuidar.

— Mãe! Para de me chamar assim na frente do doutor, parece que tenho cinco anos, não vinte e um — dizer minha idade em voz alta foi totalmente proposital. Meu deus grego, protetor das mocinhas com água na boca por doutores gatos, me ajuda nessa consulta. Meu coração não vai aguentar.

Sexta-feira, 19 de junho de 2014

Acordo com minha música favorita novamente tocando, nunca desligo o despertador, sempre deixo-a tocar até o final. Hoje tenho uma consulta com aquele deus dos meus sonhos, às duas da tarde. Só em pensar, meu coração bate forte, minha calcinha fica molhada e a vontade de dar um beijo naquela boca não passa.

Não sinto mais dor, apenas um cansaço. Bruno me disse que seria normal sentir por causa dos remédios. Bruno — já o estou chamando pelo primeiro nome, que intimidade! Se ele soubesse o sonho que tive com ele, garanto que não iria se importar de ser chamado assim.

Ao meio-dia, minha mãe me liga dizendo que não conseguiu ser liberada do trabalho para me acompanhar na consulta. Deu milhões de recomendações e disse que queria saber cada palavra que o doutor dissesse. Confesso que fiquei feliz por ela não ir. Vou encontrar com aquele deus sozinha, isso não vai dar certo. Quero dizer, vai dar certo até demais.

Chego ao consultório dele, falo com a recepcionista simpática, que me diz que a consulta é por hora marcada e que o Doutor Bruno já tinha lhe avisado sobre a minha ida. O quê? Ele avisou que eu ia mesmo tendo marcado uma consulta? Fiquei pensando nisso. Passei meus dados e entreguei-lhe o cartão do plano de saúde. Tudo liberado. Fiquei aguardando ser chamada, peguei meu Kindle, abri minha leitura atual — um conto sensual do qual estou gostando muito — e me sentei no cantinho da recepção para ninguém ver minhas reações. Estou concentrada na leitura e, na hora H, ouço aquela voz que me causava arrepios chamar: *Isis Cavalcante, por favor.*

Levanto olhando para a porta da sala e lá estava ele, com um jeans azul apertado, uma camisa azul-clara e o jaleco branco por cima. Assim que me vê, abre aquele sorriso encantador; até os olhos sorriem, e ele estende a mão.

— Olá, Isis, como vai? Pode entrar.

— Olá, doutor Bruno, obrigada por me atender. Com licença.

— E como está se sentindo hoje? — pergunta dando a volta em sua mesa para sentar-se. — Sente-se, por favor.

— Doutor, estou sem dor, mas sentindo um cansaço e muita sonolência. — Olho em seus olhos para respondê-lo.

— Isso é normal por causa da medicação que você tomou ontem, te falei isso. — Ele não tira os olhos dos meus.

— Sim, lembro disso. Bem, agora o que preciso fazer?

— Primeiro, responda algumas perguntas. Foi a primeira vez que sentiu essa dor no peito?

— Sim.

— Você faz algum exercício? Como é sua alimentação? Alguém em sua família tem alguma doença cardiovascular? Hipertensão? — Quando ele levanta os olhos e vê minha cara assustada, começa a sorrir. — Desculpe-me. Fui falando e não dei oportunidade de me responder, né?

— Tudo bem. Bem, não faço exercícios, minha alimentação não é das melhores. Não como verduras ou legumes, poucas frutas, não gosto de leite e como muita carne vermelha. Muitas besteiras, na verdade. *Fast Food* toda semana, pizza, hambúrgueres, refrigerante todos os dias... — Baixo os olhos, pois sei que a bronca que vem será grande.

— Não tenha vergonha, tudo isso é muito gostoso, eu sei, mas você é muito nova. — Não gosto dessa frase. — Vamos lá... Você precisa diminuir a ingestão de todos esses alimentos gordurosos, cheios de açúcares, vou te encaminhar a um endocrinologista e a um nutricionista para te ajudarem. Você terá que mudar sua alimentação. Mas não precisa cortar tudo de vez, apenas ter um controle. Fazer exercícios no mínimo três vezes por semana é essencial. Na sua família tem alguém com doença cardiovascular?

— Meu pai tem hipertensão, apenas ele que eu saiba.

Doutor Bruno me encara de uma maneira intensa e fico sem fôlego. Já estou começando a ficar quente, seus olhos me passam tanto carinho e verdade. E tesão, claro.

— Certo, vamos fazer o seguinte: irei solicitar alguns exames mais específicos, peço que faça logo e me traga os resultados assim que tiver. Agora deite-se ali na maca, vou auscultar seu coração.

Enquanto me levanto e sigo até a maca, sinto seus olhos me acompanhando. Sento-me na maca e, quando ele se levanta da cadeira e vem até mim, deito-me, nervosa. Preciso me acalmar. Fico ainda mais nervosa assim que ele encosta em mim, meu coração parece que vai parar.

— Isis, você está nervosa? Seu coração está muito acelerado. — Sento-me na maca, olho em seus olhos e confesso logo de uma vez.

— Estou sim.

— Não precisa ficar, vai ficar...

Não aguento mais, não o deixo nem terminar a frase e lhe puxo para um beijo. Bruno fica surpreso e me afasta, segurando-me pelos ombros. Não tiro os olhos dos seus, até que ele lambe os lábios e me beija. Um beijo molhado, cheio de línguas e vontade. Não paramos nem para respirar. Ele se encosta mais em mim e passo as pernas ao redor de sua cintura. Quando ele se dá conta do que está acontecendo, me afasta mais uma vez e choramingo pela falta que o beijo me faz.

— Isis, estamos loucos, isso não pode acontecer — diz andando de um lado para o outro na sala. Passa as mãos pelos cabelos e me olha. Seu rosto está vermelho, tenho certeza de que seu corpo está tão quente quanto o meu.

— Bruno, te desejei desde o momento que você entrou no quarto do hospital ontem. Pensei em você desde então, sonhei contigo e posso dizer que o beijo do sonho não chegou nem aos pés desse que aconteceu aqui.

— Isis, estamos no meu consultório, sou seu médico.

— E o que importa? Eu quero você, quero seu beijo. Não quer me possuir aqui? Tudo bem. Espero você sair e no final do seu expediente, estarei te esperando lá fora.

— Menina, você é louca e irá me enlouquecer. — Vem andando em minha direção. — Mas tenho que lhe dizer que desde a forma como você me olhou ontem que penso em tê-la. Na mesma hora que nossos olhos se cruzaram, precisei de toda minha força para não deixar transparecer meus desejos, principalmente o que estava me apertando dentro da calça. Ainda bem que estava de jaleco ou sua mãe me colocaria da porta pra fora na mesma hora.

— Então, você me quis... eu te quero. Por que não? Não estou pedindo que se case comigo, apenas querendo sentir o prazer de transar contigo.

— Não fale assim. — Ele pega minha mão e coloca na parte da frente de sua calça. — Veja como estou desde a hora que te vi na recepção. Está difícil de me concentrar.

Chego mais perto e o beijo novamente; desta vez ele não recua e tudo se intensifica. Passa os braços pelo meu corpo e puxa-me ainda mais para perto, não deixando nenhum espaço entre nós. O beijo fica mais intenso, nossas respirações já estão descompensadas, os corpos colados numa dança quente. O ar condicionado da sala não está dando vazão ao calor que se instalou ali.

— Menina, você vai me deixar louco, mas não consigo mais parar.

— Não pare, não quero que pare.

Sinto-o desabotoar minha calça. Sua mão a puxa, deixando espaço para deslizar os dedos até minha entrada, que já estava molhada o suficiente para ouvir um gemido dele. Seus dedos brincam com meu clitóris e arfo no instante em que ele enfia um, e, logo depois, dois dedos em mim. Jogo a cabeça para trás e gemo. Ele beija meu pescoço, passando a língua por sua extensão. O tesão aumenta a cada estocada de seus dedos em minha vagina. Bruno me olha, e seus olhos queimam minha pele de tão intensos.

Afasto-me um pouco e arranco seu jaleco. Ele abre sua calça, deixando seu pau ali, à mostra, todo para mim. Fico com água na boca, mas hoje eu não iria chupá-lo, queria senti-lo dentro de mim. Ele se afasta, vai até sua mesa e pega um preservativo. Volta me olhando nos olhos e coloca a camisinha.

— Tem certeza que quer continuar?

— Quero, principalmente porque agora você é o meu cardiologista oficial e eterno.

— Vou gostar demais desta paciente.

— Prometo ser sua melhor paciente daqui para frente.

Rimos e gememos juntos assim que ele me penetra, levando-me ao paraíso dos deuses gregos protetores de pacientes com tesão.

Relato de um adolescente

DANIELA STRASSBURGER

Oi, eu me chamo Jason. Jason Stevens. Sou estudante do Ensino Médio e, antes que vocês me imaginem de óculos, todo engomadinho, quero avisar-lhes de que não sou esse cara não. Estou longe disso. Na verdade, sou aquele tipo de aluno que está na escola apenas por um daqueles programas que nos obrigam a frequentar esses lugares. Somente este ano fui transferido três vezes; então, como vocês já podem perceber, a escola não é o meu lugar favorito. Meu estilo? Hum... Digamos... despojado. Calça jeans, camisa xadrez amarrada na cintura, regata branca e boné, claro. Minha matéria favorita? Cara, você leu o que escrevi acima? No entanto, a sua pergunta foi boa, pois não posso deixar de observar que, no Colégio General Willers, há alguma coisa que me deixa animado em estar aqui. Pois é.

Essa escola foi construída em cima de um terreno doado pelo meu avô materno. Logo, recebeu o nome dele em homenagem. Porém, a minha família não tem influência nenhuma quanto às decisões que por aqui são tomadas. Vejo nos corredores todos os tipos de adolescentes: os nerds, os tímidos, os babacas do time de futebol e suas líderes de torcida. As patricinhas, as despojadas assim como eu, "Olá, senhor Stevens...". E, ah, sim... Os professores. A maioria deles com suas roupas de última década, ternos, gravatas, saias longas, vestidos floridos, colares de pérolas, mas, há uma professora em especial que não se enquadra em nenhum desses perfis jurássicos dos quais acabei de descrever. Trata-se da Senhorita Tompson. Minha professora de Biologia.

"Bom dia, senhor Stevens. Novamente atrasado?! Entre e abra o seu livro no capítulo X. Hoje iniciaremos os estudos sobre a reprodução animal. Alguém, por favor, inicie a leitura." Hã? O quê? Ah, sim, sim. A senhorita Tompson. Cara, essa mulher é foda! Totalmente diferente das nossas outras professoras e professores. Gentil. Amável. Voz suave, angelical. Sabia liderar a turma com uma paciência descomunal. Não havia aluno algum que tivesse queixa dela. Nem mesmo eu. E isso, para mim, era tentador.

A senhorita Tompson, pedagogicamente falando, possuía, é claro, as suas qualidades. No entanto ela também possuía outras, as quais deixavam toda a garotada da escola maluca, mais precisamente os meninos. Seios fartos. Boca levemente carnuda. Nariz em perfeita simetria... E os quadris... Cara, aqueles quadris deixavam até os mais nerds e tímidos babando sobre a classe. O bumbum com certeza era durinho. Como sabíamos disso? Porque a saia de corte reto e justo, descendo até o joelho, nos dava essa informação. Ela ia trabalhar todos os dias com uma camiseta branca elegantemente desabotoada, deixando aparecer sutil e sensualmente aquele coraçãozinho formado pelo volume dos seios. Ah, cara... Juro que por vezes eu ouvi aquelas duas saliências falarem comigo "Socorro... Por favor... Estamos com calor aqui dentro... Salve-nos! Refresque-nos com a sua saliva...". Ela usava óculos. Os cabelos eram longos. Dourados. Enrolados em um coque. Meia-calça. Salto alto. Não... Eu não estou descrevendo uma atriz de filme pornô. Se bem que, falando nisso... Sim. A nossa professora de Biologia era a concretização perfeita da matéria de nossas fantasias noturnas. Havia nela um único defeito: o seu namorado metido a doutorzinho.

Como eu disse, a Srta. Tompson era uma criatura angelical com sorriso contagiante. Todavia, essa semana ela estava diferente. Muito estranha. Mal sorria. Limitava-se apenas a explicar as teorias que estavam no livro. Algumas garotas da turma cochichavam que o motivo do mau-humor dela era a traição do namorado com a nossa professora de educação física. Parece que a Srta. Tompson flagrou os dois no banheiro dos professores. Melhor dizendo, encontrou a outra professora com a boca no pau do Senhor Furtado, dando "aquela escovada nos dentes...", se é que vocês me entendem. O que ele estava fazendo lá? Bem... Ele é o nosso diretor.

Após esse incidente no banheiro, ficamos alguns dias sem ter aulas de Educação Física. O que nos disseram foi que a professora havia saído de licença, pois alguém da família tinha falecido. Mas sabíamos muito bem o real motivo do afastamento da "escovadora de dentes". Em um desses períodos livres, encontrei o diretor um tanto alterado no corredor, falando agressivamente com a Srta. Tompson. "Hei, algum problema por aqui, Srta.

Tompson? Diretor?" Os dois continuaram olhando-se fixamente, mas se via claramente um desprezo no olhar dela. Ele a largou e recompôs a postura de autoridade. Fez um sinal de cumprimento a mim e caminhou em frente pelo corredor. Aquilo foi impressão minha ou o diretor estava excitado? E eu que sou o escroto por aqui...

Naquela manhã, um pouco antes de finalizar a sua aula, a Srta. Tompson me pediu que ficasse na sala, pois precisava conversar comigo. Obviamente eu já imaginava do que se tratava aquela conversa. Afinal, flagrei o diretor a maltratando e, com certeza, ela não me queria metido em seus problemas. Viria com aquele papinho de que eu sou apenas um aluno e que não devo me intrometer na vida pessoal de seus professores. Que devo deixar pra lá o que presenciei para o meu próprio bem, afinal, o diretor era um homem de muitas influências e poderia facilmente me transferir para outra escola. Era isso o que eu queria? Claro que não. Estou no último ano do Ensino Médio e uma quarta transferência iria me prejudicar demais. *Adios,* faculdade.

Para minha surpresa, entretanto, o que a Srta. Tompson queria comigo tratava-se de outro assunto. "Encontrei esse caderno perdido no corredor, próximo ao banheiro dos professores. Ele é seu?" *Merda! Merda! Merda!.*Pensei. Eu poderia facilmente dizer que não. Que ela estava enganada, exceto por um detalhe: a minha assinatura. Naquele caderno continha todos os meus desenhos. Sim! Sou um péssimo aluno, mas um excelente desenhista. O quê? Qual o problema nisso? Ora... Se você é um leitor atento deve ter percebido que, no início dessa minha história, eu lhe disse que havia nessa escola algo que me deixava animado... Eu só não lhe disse como eu ficava animado.

"São muito bonitos os seus desenhos... Sinceramente, nenhum aluno havia me desenhado de uma forma tão natural quanto essa..."

"Eu posso explicar, Srta. Tompson..."

"Não... Você não precisa explicar nada... aliás...", disse-me ela desabotoando a sua camiseta e deixando-me ver os detalhes em renda de seu sutiã branco. "Eles são como você imaginava?" A essa altura eu já estava com o meu pau totalmente duro, lutando pra sair da calça jeans que eu usava.

"Srta, eu não estou entendendo..."

"Ah, você está sim..." Abriu o sutiã e se sentou à minha frente com as pernas tão abertas que eu podia enxergar com perfeição os detalhes da calcinha. Com os seios agora libertos e totalmente expostos, começou a massagear os mamilos. De vez em quando lambia a ponta dos dedos e friccionava-os novamente naqueles biquinhos, fazendo movimentos circulares. Mordendo levemente os lábios ela me perguntou outra vez: "E agora? Eles são como na sua imaginação?"

"Não, Srt. Tompson..." Nesse momento eu já estava abrindo o zíper da minha calça e colocando a *cabeça* pra fora porque... cara... estava doendo demais aquela ereção. "Vejo agora que eles são muito mais bonitos..."

Dito isso, aquela mulher pulou no meu colo, rebolando na minha *cabeça* e massageando seu clitóris, que ainda estava coberto pela calcinha; eu tinha agora toda aquela fartura de peitos sendo esfregados na minha cara. "Prove-os". E eu provei. Ah, cara! Como eu provei! Que delicinha de mamilos! Eu os chupava. Os lambia. Os cheirava. Olhei nos olhos dela e pude ver dentro daquele olhar um animal feroz me dizendo "Me coma! Me coma, agora!". Beijei-a! Enquanto a beijava, retirei do cabelo a presilha que segurava o coque. Fiz questão de ver aqueles cabelos longos e dourados caindo fio a fio, escondendo parcialmente o volume dos seios. Ela tirou os óculos e, nesse instante, reparei que a Srta. Tompson tinha um pouco de estrabismo, o que me deixou ainda mais louco por ela. Mais possuído. Levantei e, carregando-a no meu colo, levei-a até a mesa do professor. "Vire-se de costas!" Ela virou. Vi seu corpo se arrepiar quando, lentamente, fui acariciando as suas pernas, dos pés até o bumbum, e levantei sua saia. Beijei as suas costas. Acariciei meu pau entre as suas pernas. Então, baixei a sua calcinha molhada, mas, antes que a penetrasse, enfiei bem devagar alguns dedos da mão esquerda na sua vagina. Essa mulher gemia de prazer. "Ah... Você gosta de sacanagem..." Enfiei, então, um pouco mais os meus dedos. "Nossa! Ela está bem molhadinha." E, com minha mão direita, puxei o seu cabelo. Inclinei meu tórax sobre as suas costas e mordi com a ponta dos meus dentes a sua orelha. Ela, em tom desafiador, disse-me:

"É só isso que você sabe fazer?"

Tirei instantaneamente os meus dedos da região. "Não... também sei fazer isso!". E empurrei com toda a força o meu pênis para dentro dela. Penetrei sem pedir licença. Ela se contorceu. Gemeu... Eu sei que era isso que ela queria. Seu corpo estava quente. Sua respiração estava ofegante, seu coração pulsava acelerado.

"Me fode!", ela dizia. Eu penetrei. Penetrei. E penetrei. Entrava e saía em alternados ritmos.

"Isso, professorinha... Grita..." Caralho! Que bunda gostosa! Meus amigos e eu tínhamos razão. Eita bunda gostosa da porra! No auge da minha loucura e excitação, dei um tapão naquela bunda. Ela saiu de mim e se virou rapidamente. Olhou-me feroz.

"Ah... seu canalha!" Atirou-me sobre as mesas dos colegas e ajoelhou-se à minha frente. Pegou no *playground* e meteu tudo, eu disse tudo, na boca. Não só a cabecinha como essas menininhas da escola fazem. Essa sim era mulher de verdade! Chupou com vontade. Como uma criança chupando um picolé pela primeira vez. "Não... Você não vai gozar agora...", disse-me, "Não antes de mim..." Descobri que gostava de ser controlado. Até aquele dia, era sempre eu que controlava as garotas na cama. Mas essa mulher... Meu Deus, com essa mulher... Ela era fogo! Antes dela eu nem sabia que podia adiar o gozo.

Deitou-me no chão, segurou o meu pau e se encaixou perfeitamente para dentro dele. Ah, sim. Agora era ela que estava no comando. Me deu um tapa na cara. "Olhe para mim!" Ela gosta que a olhasse enquanto cavalgava.

"Galopa... Galopa mais, vai!" Que manhã aquela! Trepamos em todos os lugares da sala. Trepamos em cima da mesa do Robson. Ah, Robson, se você soubesse... Você que é todo metido a riquinho, limpinho... Trepamos em cima da mesa da minha ex-namorada. "Toma isso, sua vaca traidora!" Enfim... trepamos, penetramo-nos, comemo-nos! Fudemo-nos! Corpos suados. Esqueletos trêmulos. "Vamos gozar juntos!" E antes da hora do nosso gozo triunfal, eu pude ouvir uma batida na porta e uma voz familiar.

"Filho, o jantar está na mesa."

"Puta merda, mãe!!!"

"Se estiver se masturbando outra vez, lave as mãos antes, hein! Garoto escroto..."

Vizinhos

BÁRBARA NOGUEIRA

É uma quinta-feira quente. Como de costume diário, na pacata cidade, a senhorita Brenda cuida tranquilamente de sua casa.

Sempre muito caprichosa, atenta-se a todos os detalhes para viver em harmonia com sua própria natureza; molha suas minirrosas na jardineira da sala de seu apartamento, replanta sua Zazá para que esta cresça esplêndida e vigorosa como sua própria personalidade; em um momento de sua vida em que tudo se encaixa e os dias fluem como a água que nutria suas plantas, Brenda não poderia imaginar que algo pudesse ser maior do que a perfeição em que se encontra.

Às 16:35hs, após cuidar de todas as suas tarefas e com o seu corpo já suado, Brenda encaminha-se para um banho revigorante. De frente ao espelho do banheiro, vai despindo-se e observando cada parte de seu corpo. Há cicatrizes e marcas; há pintas e sardas; há celulites e estrias; há pelos e manchas, porém não há rancor nem angústia, não há mágoa nem tristeza, e seu corpo torna-se perfeito por não conhecer tais coisas. Sua mente consegue desvencilhar-se de cada uma dessas marcas, e enxerga sua reflexão da maneira que sua alma é: limpa e grandiosa.

Sua última peça toca o chão e Brenda insere-se embaixo do chuveiro para, aparentemente, terminar seu dia tranquila em sua cama. Com um rápido giro na torneira, a água começa a tocar seu corpo e logo seus cabelos castanhos ficam ensopados; em seguida, vem a deliciosa fragrância de shampoo floral, que toma conta da casa toda ao ser enxaguado. De repente, ouve-se um estalo e o chuveiro desloca-se da parede.

Brenda assusta-se, mas imediatamente fecha a torneira e enrola-se em sua toalha de algodão egípcio, de cor branca. Desesperada e sem saber o que fazer, lembra-se de que seu vizinho Fúlvio anda sempre com uma maleta de ferramentas para cima e para baixo e, sem se preocupar com mais nada, Brenda dirige-se à porta ao lado e toca a campainha.

Fúlvio atende à porta e depara-se com Brenda envolta em uma toalha e ainda um pouco molhada, mas em nenhum momento Fúlvio tira seus olhos dos olhos de Brenda, e pergunta o que ela necessita. Brenda explica-se, pedindo sua ajuda e, apesar de Fúlvio estar jogando poker online, o mesmo resolve ajudar tal "donzela" em necessidade.

Fúlvio então arruma-se, fecha sua porta e dirige-se à casa de Brenda para tentar resolver seu problema. É impossível não notar o esforço que Brenda faz para manter a casa em condições impecáveis, e Fúlvio procura esquivar-se de todos os enfeites e plantas para não quebrar ou machucar nada.

Ao entrar no banheiro para consertar o chuveiro, o vapor de água torna aquele dia quente praticamente insuportável. Brenda oferece limonada a seu prestador de serviços, mas nada parece resolver aquela situação. Educadamente e sem nenhuma malícia, Brenda tenta deixar Fúlvio mais confortável e diz que, se ele desejar, pode tirar sua camiseta.

Fúlvio pensa um pouco e não acha mal em fazê-lo. Dessa vez, é Brenda que, apesar de não retirar os olhos dele, repara no corpo de Fúlvio, que apesar de não ser definido, apresenta características agradáveis aos olhos dela. Após terminar os reparos, Fúlvio está dirigindo-se à porta quando Brenda estende sua mão para agradecê-lo e perguntar quanto lhe é devido, mas retirando a mão de sua toalha para cumprimentá-lo, a mesma escorrega e deixa parte de seus seios à mostra; Fúlvio, por reflexo, segura a toalha para que a mesma não caia mais e, sem querer, encosta no peito de Brenda.

Com os dois se desculpando e muito envergonhados, o momento torna-se ainda mais tenso. Brenda, que é um tanto supersticiosa, começa a pensar que é o destino que está preparando todas aquelas surpresas para ela, talvez como algum tipo de piada ou mesmo como uma oportunidade de perceber que sua vida poderia mudar.

De qualquer maneira, Fúlvio insiste que não há necessidade de pagamento e apenas quer retirar-se daquele local o mais rápido possível, tamanha era sua vergonha. Mas Brenda não permite que ele vá embora assim. Ela é orgulhosa e não se deixa ser ajudada tão facilmente; pressiona Fúlvio a aceitar seu dinheiro.

Fúlvio finalmente responde que não precisa de dinheiro, e que fez como um favor a uma amiga que ele vê todos os dias se esforçando para manter aquele ambiente puro. Brenda fica admirada que Fúlvio possa ter reparado naquilo e, cada vez mais, vai enxergando-o como um homem; mesmo sem perceber, seu corpo já está enviando sinais para ele.

Fúlvio acaba percebendo que não terá como sair dali e diz:

— Se não for dinheiro, que outra forma você teria para retribuir-me?

O coração de Brenda dispara na mesma hora e, com uma onda de calor em seu corpo e quase sem conseguir falar, diz:

— Pode pedir o que você quiser...

Fúlvio então observa que os lábios dela estão trêmulos e, apenas agora, pôde perceber que a tensão que existia de vergonha tornou-se uma tensão sexual. Apesar de ainda estar envergonhado, responde:

— Já sei o que podemos fazer.

Brenda, quase sem voz, soluça: " O que tem em mente?"

Então ele a pega pela cintura e coloca seus corpos bem juntos, como se não houvesse nenhuma peça de roupa entre eles, e beija-a de maneira que seus lábios carnudos e macios aconchegam-se aos de Brenda, abrindo sua boca sem que ela tenha tempo de qualquer reação.

Enquanto suas línguas caçam-se naquele breve momento que parece não ter fim, Brenda encontra-se entregue ao prazer apenas, e deixa-se levar por Fúlvio.

Por outro lado, após 3 minutos que pareceram passar em 10 segundos, Fúlvio deixa a boca de Brenda e, com um passo para trás, deixa-a, como se o pagamento já tivesse sido feito.

Brenda ainda com a boca aberta percebe que Fúlvio irá partir e, com uma leve sensação de frustração misturada a um tesão incontido, resolve agarrá-lo para que ele não vá.

Brenda acelera e pega a mão de Fúlvio, colocando-a em seu coração e dizendo:

— Como é possível um coração bater tão rapidamente?

Fúlvio responde, já perdendo um pouco de sua inibição:

— Mal consigo sentir seu coração estando ele tão perto dos seus seios tão fartos e maravilhosos.

— Coloque então seu ouvido aqui pertinho — diz ela encostando o rosto dele junto aos seus peitos.

Sem hesitar, ele afasta lentamente seu rosto dos seios dela e, olhando-a nos olhos, percebe que não é uma brincadeira, que ele e ela estão prontos e decididos a terminar aquilo da melhor maneira possível. Então ele avança suas mãos pelo corpo nu dela e acaricia seus peitos com delicadeza.

Segurando-os agora um pouquinho mais forte, Fúlvio passa bem lentamente a ponta de sua língua em toda a auréola de um dos seios de Brenda, terminando o círculo no bico e repetindo a dose no outro seio. Brenda tenta afastar-se um pouco, pois gostaria de ver a cara de Fúlvio fazendo tal manobra, mas Fúlvio não permite que ela faça nenhum movimento, pois ele não consegue deixar aqueles seios deliciosos nem por um minuto. Agora lambe todo o peito dela desde a sua base ao topo, de uma lateral à outra, e quando passa em seu bico, rela levemente os dentes, os deixando mais excitados.

Brenda, já dominada pelo desejo, tenta levá-lo para o quarto para que possam terminar o que começaram, mas Fúlvio surpreende-a e guia Brenda até o braço do sofá, onde sua boca vai descendo, beijando a barriga até as coxas dela. Fúlvio beija cada parte entre esse caminho diversas vezes, mas em nenhum momento toca em sua boceta diretamente, apenas sua barba e o canto de sua boca encostam meio que sem querer em seu sexo. Brenda, já não se aguentando, diz em voz alta:

— Me chupa gostoso, por favor!

Sem hesitar, a boca de Fúlvio desliza para sua intimidade, lambendo-a exatamente na posição do clitóris. Correndo sua mão em suas coxas, ele abre levemente a bocetinha de Brenda e passa sua língua na lateral, puxando com seus lábios os lábios dela, enquanto sua língua toca a entrada. Brenda puxa Fúlvio pelos cabelos em direção ao seu corpo e, já sem aguentar, vai escorregando da beira do sofá.

Fúlvio, então, percebendo que ela escorregava, segura-a no colo e coloca-a de quatro. Abrindo sua bunda delicadamente, ele continua passando sua língua na boceta de Brenda.

Cada vez mais ele vai aumentando o tamanho da passagem da língua, até que ele encosta no cuzinho dela. A princípio, Brenda não entende e, por nunca terem feito isso com ela, fica meio acanhada, mas após Fúlvio focar em sua bunda e lamber cada parte, enfiando a língua cada vez mais fundo, Brenda já se encontra entregue e não consegue nem pensar em pedir para que ele pare.

Muito molhada em ambos os lugares, Brenda finalmente consegue levá-lo à cama e, deitando-o, diz:

— Agora é a minha vez de cuidar de você.

Como o membro já estava muito duro e soltando certa substância, Brenda pega um preservativo na gaveta de sua cômoda, sobe em cima de Fúlvio colocando o mesmo e, não perdendo mais tempo, o enfia pra dentro de sua boceta, olhando o homem para ver sua cara. Ele quase não aguenta de tesão e a cara dele já é recompensa suficiente para ela, que não se imaginava fazer aquilo com tanta competência e determinação.

Brenda começa a rebolar mais e mais, e a cada entrada e saída tenta segurar inutilmente um gemido. Passado o êxtase inicial, Fúlvio assume um olhar de devassidão e escorrega a mão até sua bunda, perguntando:

— É assim que você gosta?

Brenda geme alto, sentindo o aperto das mãos de Fúlvio.

Ela começa a massagear seu clitóris com pressa e desajeitada... Fúlvio responde:

— Você está com muita pressa, deixe-me te mostrar como faz.

Então Fúlvio começa a esfregar delicadamente o botão dela, mas apenas esfregando-o enquanto ela cavalgava. Brenda diz que não aguenta mais e precisa gozar, e ele nada mais faz a não ser atender ao pedido da "donzela".

Brenda está tão relaxada e com pensamentos que enchem sua mente, que fica quieta por um tempo. Fúlvio cobre-a de beijos e carícias e, após uma hora, levanta para ir embora. Brenda leva-o até a porta e, despedindo-se, sussurra no ouvido de Fúlvio:

— Agora não te devo mais nada?

— Acho que deve mais que antes...

Brenda começa a rir:

— O que eu te devo, então?

— Uma batida do meu coração.

E com um beijo caloroso, eles se despedem e iniciam uma série de encontros que culminariam em um namoro, que completaria ainda mais a vida que Brenda julgara perfeita outrora.

Dama de minha vida

KADU HAMMETT

Eu não havia tido tantas experiências memoráveis em minha vida, principalmente em se tratando do campo sexual. Talvez por ser tão introvertido isso me custasse aproveitar passagens que nunca iriam se repetir. Mas uma das partes mais icônicas de minha existência foi aquele dia em que conheci a mulher que mexeria de uma única vez com minha estrutura.

Estava eu em uma livraria que, por anos, tinha minha preferência em frequentá-la. Escolhia meus livros, folheava outros, desejava mais tantos. Em determinada hora, diante da seção de biografias, tive o prazer de admirar a imagem daquela mulher, que segurava um livro sobre vida e obra de Mary Shelley.

Com o olhar atento, se deliciava com a obra sobre a vida da escritora. Tão atenta que não me viu devorar todas suas curvas com meus olhos. Certamente, era a criatura mais linda que nesta terra já tinha pisado. Tinha os cabelos escuros, de um negro forte e inebriante. Sua pele era alva, branca de tal forma que se avermelharia a qualquer tapa dado. Os olhos presos ao livro eram claros, um azul do mais lindo céu já visto. Junto a eles vinha aquele olhar penetrante. Que olhar maravilhoso! Intimidador e excitante na mesma proporção. A boca meiga e desenhada com tanto esmero podia — imagino eu — ser causadora dos mais doces e longos beijos e, também, do mais guloso oral. Seus cabelos, na altura do pescoço, a destacavam com elegância. Ela não era alta. Era uma mulher deliciosamente gordinha, com seios enormes, talvez os maiores que já tenha visto. Coxas e pernas grossas acompanhavam aquela grande bunda maravilhosa, arredondada e dura.

A minha deusa recém-proclamada escolhera aquele dia para fazer uso de um justo vestido branco que, generosamente, deixava suas belas coxas à mostra dos reles mortais. O amigável vestido também nos brindava com o farto decote nele inserido. Decote tão farto quanto os seios, tanto que por vezes podia vê-los tentando se colocarem em fuga. Seu salto alto de mesma cor completava magnificamente sua indumentária tão preciosa.

Em instantes, ela me percebe ali a olhando. Também, pudera. Estava praticamente babando-a dos pés à cabeça e não estava sendo nada discreto para isso. A cara de bobo só piorava o vexame. Apesar de tudo, ela simpaticamente sorri em minha direção com suavidade.

— Olá.

Deus. Que voz excitante. Que tesão pedia passagem por meus ouvidos desprevenidos. Um simples "Olá" vindo daquela boca, solto por aqueles lábios, me tomou por inteiro de forma tão avassaladora.

— Oi? — ela teve que repetir, já que não consegui responder sua primeira saudação.

— Oi. Como vai? — Ainda a respondia com total timidez.

— Ótima, obrigado. O que tem aí? — falava olhando para os livros que eu carregava.

Olhei para os livros e retornei meu olhar a ela. Parecia que eu tinha desaprendido a mecânica básica do funcionamento humano, com meus movimentos travados.

— Eu escolhi algumas coisas que tinha curiosidade de ler.

— Entendo. Também adoro ler. — Mais um daqueles sorrisos que me matavam. Agora ela estava totalmente virada para mim, me dando plena atenção.

— Sempre vem a essa livraria?

— Geralmente sim. Acho que já te vi algumas vezes por aqui.

Essa confissão me agarrou de surpresa. Uma mulher como aquela percebia anteriormente que eu existia no mesmo mundo que ela? Estava honrado. Tinha que responder algo.

— Eu gosto de vir aqui. Sempre compro algum livro.

— E sempre se distrai? — Aquele sorriso agora era malicioso. Eu estava assustado, ela tinha percebido algo.

— Como assim?

— Vi você me olhando.

— Me desculpe. É que te achei muito bonita, eu acabei olhando demais pra você.

— Bonita? — Um sorriso largo mostrava os brancos dentes. Que sorriso lindo aquela boca me entregava.

— Sim, sim. Muito bonita.

Ela apenas me observava enquanto o sorriso se mantinha. Eu estava quase olhando para o chão com o peso de minha vergonha. Ela disse já ter escolhido seus livros e iria pagá-los. Acompanhei-a pagando os meus logo em seguida. Conversamos por um bom tempo, ela sabia como me deixar mais à vontade. Era uma mulher muito culta, sua inteligência chegava a ser afrodisíaca, sabia se expressar muito bem e dominar uma conversa como ninguém. Apenas não me disse o nome ainda, mas insinuou irmos para onde pudéssemos ficar a sós, de preferência sem as tão desnecessárias roupas.

— Podemos ir à minha casa — fiz o convite com a coragem que ela me fez ter durante nosso diálogo.

— Não. Vamos para meu apartamento. É próximo daqui.

— Está bem, então. E seu nome? Não vai me dizer?

— Ainda é cedo, querido. Nomes não são importantes agora. Um sorriso doce foi dado e ela segurou minha mão, me levando até onde queria.

Em seu apartamento, me disse para esperar na cama quando eu saísse do banho. Depois de sua vez ao banheiro, ressurgiu em seu quarto vestida como o paraíso em terra. Estava eu sem veste alguma, deitado à sua cama e, em minha frente, de pé, aquela Imperatriz do desejo, munida de um espartilho preto rendado. Sua linda pele branca muito mais à mostra. Os seios prensados contra a lingerie. A bunda empinada e linda, sendo invadida sensualmente pela parte traseira do espartilho, que diminuía entre as nádegas avantajadas. Usava ainda um par de meias vazadas e se equilibrava em outro salto, este mais fino.

— Meu Deus! — exclamei surpreso, sem ter controle da altura de meu tom.

— Gostou? — Me olhava tentadoramente, sempre com o mesmo sorriso meigo e convidativo.

— Não sabe o quanto, menina.

Andou em minha direção devagar e parou em minha frente. Sentei na beira da cama, admirando-a. Minhas mãos percorreram as voltas de seu corpo. Ela me acompanhava com o olhar. Levantou a perna esquerda e pôs o pé sobre minha coxa, oferecendo passagem à minha mão e meus dedos para explorarem o seu sexo. Apertei sua grossa coxa e deslizei a palma até meu objetivo. Ainda por cima da lingerie, apalpava a vagina, que iria me receber por inteiro. Gorda e inchada, do jeito que gosto. Logo tive que pôr a parte da calcinha para o lado e introduzir meus dedos. Era quente, muito quente. Lubrificada de maneira a encharcar minha mão, que trabalhava dentro dela. Como estava molhada! Gemia me segurando pelos ombros. Ofegante, repetia a palavra "isso" sussurrando.

Ela abaixou a perna e veio sentar sobre mim. Encostando seu sexo ao meu, me envolveu o pescoço com seus braços e me beijou demoradamente. Era um beijo calmo, suave. Segurei sua cintura. Começou a rebolar devagar enquanto afastava a boca da minha. As mãos escorreram da cintura, chegando até a bunda. Apertei com força e retribuí o beijo. Ela suspendeu levemente o corpo, segurou meu pau latejando e o colocou dentro dela.

Uma vez dentro, rebolava, subia e descia. Sentia-a fundo, quente e úmida. Molhada e profunda, me sentia entrar e sair por inteiro. Me abraçava com firmeza, gemendo com a boca próxima a meu ouvido, penetrando minha mente com o som do seu prazer. Levantei-me com ela dependurada em meu pescoço. Sustentava-a pelas pernas, apoiando os braços por baixo delas e as mãos em sua bunda. Movimentos repetidos eram guiados por mim. Em seguida, derrubei-a na cama e levantei suas pernas, deixando-a bem aberta para mim em um frango assado inesquecível.

Retirei a parte da lingerie que cobria os seios. Enfim, estava diante daquela enorme perfeição. Constatei que eram, de fato, os maiores que já tinha visto e, até hoje, continuam sendo. Os maiores e mais lindos. Os bicos eram sutis, delicados e claros. Impossível continuar com a suavidade dos movimentos a esta altura. Metia nela com mais força e vontade. Me olhava como quem pedisse ainda mais, e mais eu dava a ela. Eu estava completamente entregue, era tudo seu, faria o que quiser.

— Me come de quatro — pediu com uma voz trêmula e excitante, enquanto mantinha os olhos nos meus, sem desviá-los nunca.

Ela pediu e assim o fiz. Saí de cima dela e a coloquei na posição requisitada. Ter aquela fêmea de quatro toda para mim era no mínimo um sonho. Sua bunda empinada agora dobrava de tamanho, dobrando igualmente o meu tesão. Segurava-a pelas ancas, comendo-a com plena vontade. Metia com estocadas fortes. Segurei seus cabelos e ela soltou um gemido alto.

— Minha boceta. Ai! Fode minha boceta! — agora já gritava, e mais alto.

Dava-lhe tapas em sua bunda e confirmava, com gosto, que a bunda branca realmente ficava vermelha com tapas bem dados. Marcas de minha mão ficavam latentes em seu traseiro. Os seios balançavam no ritmo de nossa foda. Curvei-me na intenção de segurá-los. Não cabiam em minhas mãos e me esbaldava com eles. Eu também estava ofegante. Nunca uma transa tinha exigido tanto de mim. Me ergui e apoiei-me em suas nádegas macias. Enquanto a comia, abri sua bunda e vi o lindo ânus rosado diante de mim. Não pedi permissão a ela, simplesmente retirei meu pênis de sua vagina e o direcionei à sua outra entrada.

— Põe devagar.

Era o sinal que precisava para ter certeza de que ela me aceitaria a invadindo por trás. Forcei a entrada e, aos poucos, seu ânus me recebia. Ela gemia com intensidade, pedia calma. Eu tentava ir mais devagar, até que, em certo momento, entrei de uma vez com o terço que ainda faltava. Ela deixou escapar um grito de dor, encolheu-se e se arrepiou. Manteve-se parada por instantes, esperando se acostumar com o que deixou adentrá-la. Enfim, conseguia se mexer, voltando a rebolar. Voltei também aos movimentos leves, aumentando-os em sequência. Segurando sua cintura, algo me consumiu e não tive mais pena de sua tão estreita entrada.

— Ai, meu cuzinho. Meu cu! Caralho! — gritava tão alto em clamor a seu rabo que me passou a possibilidade de os vizinhos escutarem.

— Que cu delicioso. Toma no cu, minha putinha. — Eu delirava com tudo aquilo. Ela devolvia meus xingamentos com seus gemidos.

Fodia-a com vontade, não tinha mais pena daquele rabo. Ela demonstrava se agradar daquilo. Não aguentei mais e gozei. Perdia minhas forças enquanto transbordava aquele cu com minha porra. Desfaleci sobre ela. Os dois ofegantes, quase mortos. Ainda quase sem conseguir falar, disse em seu ouvido como aquilo foi delicioso. Ela, igualmente sem fala, respondeu que eu ainda não tinha acabado.

Estava ela deitada de frente para mim, tinha ficado completamente nua. As pernas bem abertas, me esperando pacientemente. Deitei-me com a boca em sua boceta ainda molhada. Continuávamos com o mesmo tesão do início. Chupava e lambia, mordiscava e esfregava o rosto inteiro. Ela gemendo, pedindo mais e me indicando as partes que mais queria sentir a língua, o rosto, o gozo. Lambia em todas as direções, sugava com gosto. Dedos auxiliavam o momento de libertinagem. Ela se abria ainda mais, me deixando lamber o cuzinho. Revezava entre seu cu e boceta. Os gemidos eram mais constantes, mais intensos, mas atraentes.

— Tô gozando! Tô gozando! — gemia alto, repetindo a fala entre os dentes cerrados.

Continuei a sugar, enquanto ela tremia descontrolada entre seus gemidos. Segurava minha cabeça firmemente pelos fios de meus cabelos. Gozou, gemeu, me puxou. Afastei minha face, deixando-a se acalmar. Subi até a altura de sua boca e nos beijamos mais uma vez. Ela me empurrou para o lado, me manteve deitado e desceu até meu pau. Seria a minha vez. Ainda adormecido, o engoliu por inteiro, deixando-o rígido como na hora em que estava a penetrando. Chupava maravilhosamente bem. Se dedicava à glande e, em várias vezes, descia até a base sem dificuldade. Ela sabia usar a garganta com maestria. Dedicou um tempo ao saco, lambendo e chupando. Voltou logo em seguida ao pau duro chamando por ela. Tinha a metade dele em sua boca e chupava mais rápido, aumentando o ritmo. Parecia que eu ia explodir. Percebeu que eu estava perto de gozar. Massageava o saco enquanto mostrava mais vontade naquele boquete. Segurei o lençol da cama com as duas mãos e enchi sua boca. Não deixava uma gota sequer escapar. Bebeu tudo, se deliciando e voltando o olhar para mim. Tirou a boca após deixá-lo totalmente limpo e se deitou ao meu lado. Passou a mão em meu rosto me acariciando, e me entregou mais um de seus sorrisos.

— Acha que agora posso saber o seu nome?

— Pode me chamar de Sofieh.

Presente de aniversário

L. G. MARTINS

Rebeca passou o dia todo pensando em um presente perfeito para Murilo. Nada lhe vinha na cabeça. O que poderia lhe dar? Tinha de ser algo perfeito, que o deixasse surpreso e que ele adorasse. Foi quando passou por uma loja de lingerie que a ideia lhe veio rapidamente: *Ela seria o presente*! Na loja, Rebeca colocou os olhos na lingerie azul e soube que ela seria perfeita e, agora, se olhando no espelho, viu que tinha toda razão.

Talvez Rebeca nunca tenha conhecido o seu real poder. Nunca se sentira sexy ou que pudesse ser sensual mas, agora, observando essa mulher na frente do espelho, podia dizer: *Ela tinha todo o poder*. Um corpete azul-escuro, que valorizava seus seios, com alguns detalhes em renda na barriga. A calcinha era preta, rendada e minúscula, a cinta-liga e as meias eram pretas também. Rebeca se pegou sorrindo orgulhosa, deslizou suas mãos do pescoço passando pelo seu tronco até as suas coxas... Sentia-se a própria modelo da Victoria Secrets, sentia-se uma mulher poderosa, sexy e *irresistível.*

Depois de algumas longas horas, Murilo chegou e foi direto para o banho, e Rebeca estava no quarto de visitas, logo ao lado. Controlou-se quando o ouviu chegando para não estragar a surpresa e, somente quando teve certeza de que Murilo estava no banho, saiu do quarto, indo para o quarto deles.

— Está no banho, amor? — Rebeca questionou e pôde escutá-lo dizer sim. — Como foi seu dia?

Rebeca questionou, mas não ouviu uma palavra do que Murilo disse. Observava o quarto, terminando de tramar os últimos detalhes necessários. Estava ansiosa, queria seduzi-lo e levá-lo para a cama o mais rápido possível, amava e desejava demais aquele homem. Alto, corpo esbelto, os cabelos loiros arrumados em um topete, quando não penteados para trás, e os olhos azul-claros. Uma pista sobre o motivo pelo qual Rebeca decidiu escolher a lingerie, azul! Murilo era perfeito! Já Rebeca tinha características opostas: os cabelos eram escuros, os olhos também eram escuros e tinha sim, um corpo de tirar fôlegos.

Isso tinha certeza, já que Murilo se perdia sempre nas suas curvas. Rebeca poderia estar por cima ou por baixo dele.

— Amor, hoje o dia foi tão cansativo e corrido — Murilo disse distraído, depois de sair do banho; não a tinha notado ainda. Ela sabia que ele deveria estar cansado, ela também estava, já que casamentos não eram fáceis de se planejar. Sim, os dois iam se casar. Dois anos de relacionamento, noivos há quase um ano e completamente apaixonados um pelo outro, viveriam juntos para sempre. Rebeca se encostou na porta. — Mas isso não importa agora. Venha se deitar comigo. — Sua voz saiu suave e, quando se virou, ficou paralisado.

Céus.

Rebeca estava com sua blusa branca, conjunto de seu smoking, com uma bela lingerie que moldava cada curva deliciosa de seu corpo. Murilo ficou sem fala enquanto observava a deusa sensual encostada na porta. Ela tinha um sorriso maroto nos lábios e segurava um cupcake nas mãos, com uma pequena vela acesa em cima.

— Feliz aniversário, querido!

Murilo piscou, ainda admirado.

— O que disse?

Rebeca mordeu os lábios enquanto se aproximava de Murilo. Era possível se perder em seu olhar cheio de desejo e aqueles lábios volumosos, implorando por beijos que desceriam por todo seu corpo. Era uma surpresa que Rebeca tinha passado o dia todo planejando para seu noivo.

Exatamente nesse dia, exatamente nessa noite, Murilo iria descobrir toda a sensualidade que existia dentro daquela mulher, com um olhar tão inocente e o sorriso mais travesso que ele já vira.

— É seu aniversário! É 00:01hrs, agora!

Murilo mal conseguia pensar, diante de toda aquela beldade. Rebeca se sentia incrivelmente sexy. Jamais se sentira tão atraente como agora e quando se viu pela primeira vez na frente do espelho, ficou um longo tempo se observando, se sentindo absoluta.

— Eu passei o dia todo pensando em algum presente — Rebeca disse e se aproximou de Murilo. — Acha que acertei na escolha?

Murilo apenas assentiu, ainda observando a mulher que tanto amava. A toalha que estava enrolada em sua cintura já não conseguia esconder o seu entusiasmo.

— Assopre — Rebeca sussurrou e aproximou o cupcake dos lábios de Murilo, e ele o fez. — Bom garoto!

Com um sorriso malicioso nos lábios, Rebeca puxou delicadamente a toalha de Murilo e ele estava nu. Ela o empurrou devagar, até que ele estivesse sentado na cama, e tirou a blusa que vestia.

— Gosta do que vê? — ela perguntou, se virando de costas e encarando Murilo. Se sua visão era perfeita na frente, imagine agora com ela de costas...

— Eu sempre adorei — Murilo disse acariciando-a, primeiro nas coxas e depois seu belo traseiro. — Você irá me matar qualquer dia.

Rebeca mordeu os lábios e, com a mão no peito de Murilo, o empurrou lentamente. Ele entendeu rapidamente o recado e se ajeitou na cama. Rebeca foi engatinhando até alcançá-lo e se sentou em cima dele. O contato o fez suspirar, aquela mulher o fazia suspirar.

— Hoje a noite é toda sua, meu amor — Rebeca sussurrou em seu ouvido, fazendo-o se arrepiar. — Aproveite!

E colou seus lábios nos dele. Com um beijo, Rebeca conseguiu transmitir todo o desejo que sentia naquele momento. Ela jamais se sentira tão poderosa, não que Murilo a subestimasse ou a oprimisse, pelo contrário, ele era um homem perfeito e ela uma mulher de sorte. Mas toda aquela sensualidade que emanava de cada parte de seu corpo... Céus, *ela tinha todo o poder*. Depois de rebolar em cima do membro de Murilo, que já estava muito mais que animado, pôde comprovar seu poderio. Rebeca parou de beijar os lábios de Murilo para fazer uma trilha de beijos por todo seu esbelto corpo: começou pelo pescoço, que desceu por todo seu tronco e parou bem ali, perto. Uma mordida carinhosa onde seus lábios pararam fizeram Murilo arrepiar.

— Você está perfeita com essa lingerie — Murilo se pronunciou e se apoiou em seus cotovelos, ainda deitado. — Mas a completa perfeição é quando você está nua!

— Seu desejo é uma ordem... Não!!! — Rebeca o repreendeu quando o viu tentando se levantar para alcançá-la. — Posso precisar de sua ajuda, mas eu vou me despir e você irá assistir.

— Eu adorei essa ideia — Murilo disse, se acomodando para assistir a tudo.

— Que bom — Rebeca disse sorrindo, sapeca. Para a sua grande sorte, a abertura de seu corpete era na frente. Ou seu plano teria ido por água abaixo. Ela desabotoou até a metade e Murilo a observava atentamente. — Tire minhas meias — ordenou.

— O quê? — Murilo questionou, surpreso.

— Minhas meias, querido. Me ajude!

Em segundos ele estava de pé, com seu membro duro. Rebeca não resistiu e mordeu seus lábios, adorava aquela visão, adorava Murilo e adorava senti-lo dentro de si. Ela estremeceu. Sentou-se na beirada da cama e Murilo se agachou diante dela, colocando suas mãos em uma de suas coxas. Rebeca se arrepiou, ele puxou delicadamente sua meia e a jogou para trás. A mulher não conseguiu controlar uma risada quando sua outra meia fora tirada em segundos. Murilo depositou um beijo em sua coxa.

— Deixe-me terminar — Rebeca disse e se levantou rapidamente, não antes de pegar no membro de Murilo, fazendo-o arfar, surpreso. O empurrou para que ele se sentasse novamente.

Terminou de desabotoar seu corpete e, quando seus seios foram expostos, Murilo lambeu os lábios. Rebeca os segurou e os apertou.

— Me deixe fazer isso — Murilo disse rapidamente, tentando se levantar, mas Rebeca o impediu.

— Não terminei de me despir ainda — Rebeca disse se virando de costas e tirando sua calcinha. Suas mãos passearam pelas laterais de seu corpo, enquanto Murilo sussurrava coisas que ela não podia ouvir. Ela o olhou e viu seu membro pulsando de desejo... Desejava-a! Agora, Rebeca estava completamente nua e se sentia a própria deusa, enquanto Murilo a olhava com veneração e mordia seus lábios.

— E agora? — Murilo questionou usando todo o seu autocontrole para não a agarrar e possuí-la de uma vez. Rebeca lhe lançou um olhar meigo e sorriu, inclinando a cabeça para o lado.

— Agora eu monto em você.

E assim ela fez. Subiu novamente na cama, se apoiou em Murilo e pôde senti-lo vibrar debaixo dela, implorando para estar no seu interior e, por tudo nesse mundo, ela o queria dentro de si de uma vez por todas. E antes que Rebeca pudesse se ajeitar melhor, Murilo impulsionou os quadris para cima, penetrando-a rapidamente. Um gemido escapou da boca de ambos.

— Isso é sempre bom — Murilo disse respirando fundo quando Rebeca começou a se movimentar. — Você, Rebeca Gomes, qualquer dia irá me matar de tanto desejo.

As grandes mãos de Murilo se dirigiram até os fartos seios de Rebeca, apertando-os. Ela arfou. Subia e descia, a cada estocada ela se sentia mais perto do paraíso. Os corpos se encaixavam perfeitamente, pele com pele, Murilo entrava e saía perfeitamente, como se dentro dela fosse o seu lugar.

E realmente era. Rebeca fincou suas unhas em Murilo, em seu peito, onde se apoiava. As grandes mãos de Murilo se dividiam entre passear pela lateral do corpo de Rebeca até que, com uma mão na cintura, a ajudou a se movimentar melhor e os gemidos aumentaram. Rebeca arfou e sua cabeça pendeu para trás, Murilo também arfava.

— Ah... Murilo — Rebeca murmurou e Murilo lhe lançou um olhar com uma mistura de amor, devoção e desejo. Antes que Rebeca pudesse reagir, Murilo a segurou e os rodou, ficando agora por cima dela.

— Deixe-me terminar. — Sorriu e Rebeca levou suas mãos para as costas do homem, fincando sua unha ali. E ele adorava aquilo! — Céus, você é tão apertada.

— Você... sempre deixa... isso claro! — Rebeca conseguiu dizer entre suspiros, fazendo com que Murilo sorrisse. O que fez para merecer aquela mulher ele não sabia, mas agradecia por tê-la para ele. Somente para ele.

As pernas de Rebeca travaram nas costas de Murilo, que continuou os deliciosos movimentos. Entrava e saía com movimentos rápidos e Rebeca implorava por mais, seus lábios voltaram a se juntar ou então, acordariam toda a vizinhança. Rebeca arquejou bem ofegante, e quando Murilo achou que não fosse mais aguentar, seu nome foi sussurrado de forma sexy e Rebeca chegou ao clímax. Murilo se permitiu penetrá-la uma última vez e gozou. Ambos sussurravam o quanto se amavam!

— Ah — Rebeca disse surpresa depois que Murilo despencou em cima dela.

— Você é tão perfeita, meu Deus! — Murilo sussurrou e Rebeca sorriu.

— Amor? — Rebeca chamou depois de um tempo, fazendo carinho nos cabelos de Murilo.

— Hum? — Murilo disse levantando a cabeça e olhando.

— Feliz aniversário! — Rebeca disse e lhe entregou o cupcake. — Acho que se esqueceu de fazer um pedido.

E um grande sorriso estampou o rosto de Murilo.

— Tudo que eu poderia desejar, eu já possuo.

E dessa vez, um grande sorriso estampou o rosto de Rebeca.

O feitiço contra a feiticeira

LU CUSTÓDIO

Ele a penetrou fundo com voracidade, a luxúria estava naquele quarto e nos poros daqueles amantes. Ela estava de quatro e o recebia faminta e excitada, a ponto de sentir o gozo vir já na primeira vez que o recebia. Ele a segurava com uma mão na cintura e a outra pelo cabelo — que estava amarrado em um rabo de cavalo — e o recebia por inteiro. Ambos desejando a totalidade do outro. Fome, desejo e entrega. Eles estavam chegando ao clímax quando...

— Filha!

Ai... Meu... Deus! Não *acredito nisso. Minha mãe abriu a porta do meu quarto, sorridente.*

— Filha o que você quer para o jantar de hoje?

— Mãe, quantas vezes eu disse que, quando eu estiver trancada aqui no meu quarto escrevendo, não quero ser interrompida?

— Mas, Isadora...

— Mãe, eu tenho prazo para entregar o meu livro e estou com dificuldades na criação, a senhora sabe disso.

— Eu sei, filha, é que estou em dúvida quanto ao jantar e queria a sua ajuda.

— Mãe, pode fazer o que quiser. Por favor, coloque no micro-ondas e quando eu sentir fome, vou lá e me sirvo. Beijos, mãe, eu preciso voltar a escrever. — Minha mãe fechou a porta com cara de poucos amigos. Sinto muito, mas eu preciso fazer isso.

Eu vim ficar com ela por um tempo, logo depois que meu pai morreu de infarto. Isso foi há dois anos e não consegui voltar para o meu apartamento... Não consegui deixá-la aqui sozinha. Estabelecemos algumas regras mas, para a Dona Zulmira, todas as regras podem ser quebradas mediante a necessidade. Sei que é difícil para ela.

Alguns dias atrás, minha amiga Amanda me ligou e acabei desabafando com ela sobre a minha situação. Ela fará uma viagem para a Europa e me perguntou se eu queria ficar na casa dela neste período para finalizar o meu livro e cuidar de Nico, seu cachorro. Amanda mora no interior, em um condomínio lindo de alto padrão, com o seu primeiro e único namorado, o Dr. Henrique. Eles se conheceram na faculdade. Foi amor à primeira vista e se casaram logo que concluíram o curso. O meu primeiro livro foi baseado na história deles, minhas leitoras amaram.

Liguei para Amanda naquela mesma tarde e acertei tudo com ela. Não consegui vê-los porque tiveram que sair mais cedo, porém a minha amiga já deixou todas as recomendações e minha entrada liberada no condomínio.

A viagem foi tranquila e em pouco mais de duas horas havia chegado. Era uma casa imensa, linda, com janelas enormes e uma escada toda de mármore. Parecia casa de novela. Logo escutei os latidos e Nico vinha correndo balançando o seu rabinho.

— E aí, Nico, como você está? — Fiz um carinho nele e, logo em seguida, peguei minhas coisas e segui para o segundo andar, onde ficavam os quartos. Tomei um banho para relaxar, peguei o meu computador e comecei a escrever. Nem vi a hora passar. Era final de tarde e Nico estava latindo sem parar no andar de baixo.

Desci as escadas e o pobre cachorro estava plantado na porta da frente, como se esperasse alguém. Latiu mais uma vez, como se pedisse para eu abrir a porta. Fiz isso e o cachorro saiu a toda velocidade, atravessando para o outro lado da rua e entrando na casa da frente. Desesperada, eu corri em busca do cão. A porta lateral da casa por onde o Nico passou estava aberta, e vi que era um corredor que levava ao fundo da residência, provavelmente ele estaria lá. Entrei devagar, achando que não tinha ninguém. Ao me aproximar de onde eu achei ser o fundo da casa, que na verdade era um jardim lindo com uma piscina enorme e uma área de churrasqueira maravilhosa, me perdi na visão que tive. Não sei se era em toda aquela beleza externa da casa ou no homem que estava de pé afagando Nico somente com uma toalha em volta da cintura. Ele parecia um deus que saíra de alguma das histórias que eu lia. Alto, com cabelos negros, um abdômen definido, barba por fazer e olhos...

— Meu Deus, que olhos são esses?

— O que disse? — Acho que pensei alto.

— Oi, me desculpe. O Nico escapou e veio direto para cá, eu não sabia se tinha alguém, o portão estava aberto e...

— Calma. Fique tranquila. — Ele me olhou com um sorriso de canto de boca que me deixou completamente acesa.

— Aqui está.

Tudo aconteceu como em câmera lenta. Quando ele esticou os braços me entregando o Nico, veio outro cachorro, começou a latir e abocanhou a barra da toalha, deixando-o totalmente nu. A minha única reação foi arregalar os olhos, colocar a mão na boca para não gritar e conferir o que ele escondia por trás da toalha, e o que eu vi me deixou com a boca seca, com o coração disparado e um desejo atroz de possuí-lo e marcar todo o seu corpo. Quando os nossos olhares se encontraram, senti uma espécie de energia que me atraía a ele e foi neste momento que Nico se jogou dos braços dele. Eu consegui pegá-lo antes que caísse no chão. Vendo que essa seria a minha oportunidade, saí correndo sem dizer nada.

Ele colocou-me no sofá enquanto eu tentava controlar a minha respiração, toda sedenta. Tirou toda a sua roupa e ficou completamente nu na minha frente. Eu já estava nua. Ajoelhou-se entre minhas pernas, sugando-me e penetrando sua língua na minha entrada. Nunca ninguém tivera feito algo assim comigo. Já tive outros homens, mas esse está me deixando à beira da loucura. Ele me chupava como se estivesse devorando uma fruta deliciosa. Gemia e sentia os meus líquidos fluírem para sua boca mágica enquanto apertava os meus mamilos e os deixava duros como pedra. Com uma das mãos livre, penetrou dois dedos em minha entrada encharcada pelo desejo e continuava a me chupar. Virei uma massa sôfrega em suas mãos, estava a ponto de gozar...

O celular tocou. Acordei toda suada e percebi que era apenas um sonho com o vizinho gostoso. Atendi sonolenta e excitada, com a minha calcinha toda encharcada.

— Alô!

— Oi amiga. Chegamos agora no hotel e liguei para saber se está tudo bem.

— Está tudo bem. E com vocês?

— Tudo certo. O Nico está se comportando?

— Ele fugiu para a casa do vizinho hoje e tive que buscá-lo. Não o deixei de castigo porque acabei conhecendo um deus grego.

— Você está falando do Raul? O vizinho que mora na frente de casa?

— Olha, não tive tempo de perguntar o seu nome, mas ele mora aqui na frente.

— É ele mesmo. Amiga, até onde eu sei, é solteiro e nunca vi mulher nenhuma entrando na casa dele. Sei que é dono de uma grande empresa na cidade.

— Pelo visto você tem uma ficha completa dele, não é mesmo?

— O que é isso, Isadora, está com ciúmes?

— Deixa de ser boba. Como eu posso ter ciúmes de quem eu não conheço?

— Isa, preciso desligar, o Henrique está me chamando.

— Certo. Se cuida. Beijos.

O sol estava começando a aparecer quando a campainha tocou, me assustando. Fui abrir a porta e, para a minha surpresa, quem estava ali parado na minha frente era o homem que estava me comendo em sonhos, Raul.

— Bom dia — ele falou com uma ruga na testa e, por um momento, não sabia se ele estava fazendo uma pergunta ou o quê. — Vi luzes acesas e resolvi tocar para saber se está tudo bem.

— Bom dia! Está tudo bem, obrigada. Na verdade estava escrevendo e por isso a luz acesa.

— Tão cedo, escrevendo? Parece que você precisa contar algo urgente para alguém.

— Não é nada disso, sou escritora e estou no meu momento de criação, só isso.

— Desculpe-me a intromissão. Na verdade eu vim aqui pedir desculpas por ontem.

— Quem tem que pedir desculpas sou eu, que entrei na sua casa sem ser convidada.

— Não vejo problema com isso — ele falou com um sorriso que me causou ondas por todo o corpo, lembrando-me do sonho que tive com ele. — Você vai me desculpar?

— Sim, está desculpado. — Meu olhar foi de encontro ao dele e me senti ainda mais atraída.

— Certo, marcado hoje à noite na minha casa. — Ele deu um beijo no canto da minha boca e foi embora, deixando-me sem entender nada.

— Ei! Como assim na sua casa hoje à noite? — Ele olhou sobre o ombro sem parar de andar com um sorriso largo, e disse:

— Você aceitou minhas desculpas e vamos comemorar. Você come comida japonesa?

— S-sim! — respondi ainda sem entender a sua atitude.

— Quando tudo estiver pronto, eu ligo para você. Tenha um bom dia. — Ele entrou em sua casa e fiquei parada, assimilando tudo o que acabara de acontecer.

O dia passou rápido. Tomei um banho relaxante, passei hidratante pelo corpo e sequei os cabelos. Já estava pronta quando o telefone da casa tocou. Sabia que era ele, só não sabia como ele tinha o número. Atendi e, com a voz mais sexy do mundo, disse-me que estava tudo pronto.

Cheguei em sua casa usando um vestido preto de alças finas e sandálias nos pés. Ele estava usando uma bermuda bege e uma camiseta polo de gola branca. Meu coração disparou quando o vi. Era uma sala linda, com uma decoração de bom gosto. Raul me levou para a sala de TV, onde tinha organizado uma linda barca com comida japonesa sob a mesinha de centro e almofadas em volta para nos sentar.

— Eu escolhi um vinho branco para acompanhar. Você se incomoda?

— Não. — Olhei para ele com uma sede, e sabia que não era de vinho. Ele nos serviu e comemos, ao passo que conversávamos sobre banalidades. Falei um pouco sobre mim, ele falou sobre sua história.

Estávamos terminando o vinho da taça quando ele se aproximou e colocou uma mecha do meu cabelo atrás da minha orelha, e disse com uma voz rouca:

— Queria tanto que debaixo desse seu vestido você estivesse completamente nua só pra mim. — Meu coração disparou numa velocidade incrível. O ar tinha sumido dos meus pulmões, estava ruborizada e sabia que o vinho estava ajudando para que eu estivesse assim. Olhei para ele e vi que estava falando sério. Não soube o que responder, mas não foi preciso, porque ele me atacou com a sua boca, enfiando sua língua em busca da minha, e fiz o mesmo, querendo o seu sabor. Era um gosto maravilhoso misturado com vinho, que me deixou inebriada, trêmula e sôfrega somente com o beijo.

Ele passou a acariciar meu seio sob o vestido e arrancou-me um gemido do fundo da garganta. Ele estava faminto de desejo, assim como eu. Suas mãos abaixaram as alças do meu vestido, me deixando nua da cintura pra cima, expondo minha nudez para, em seguida, atacar com sua boca sugando um mamilo enquanto o outro ele torcia com o dedo indicador e o polegar. Eu o segurava pelos cabelos, assimilando aquelas sensações e o prazer que crescia em meu ventre. Ele me deitou sobre o tapete terminando de tirar o meu vestido, me deixando somente com a calcinha minúscula que estava usando, que foi embora em seguida. Fiquei completamente nua, somente para ele. Ele abaixou-se e começou a beijar a minha coxa em direção ao meu centro úmido e quente. Passou a língua por meu clitóris, me fazendo abrir mais as minhas pernas e ir de encontro à sua boca. Fiquei entregue em suas mãos, delirando de prazer. Uma luxúria se instalou no ambiente e um desejo avassalador nos cobria de uma maneira inexplicável. Ora ele me penetrava com dois dedos e os girava dentro de mim. Ora sugava meus mamilos até ficarem como pedra de tão duro. Ora me chupava e penetrava sua língua na minha entrada encharcada, levando-me ao gozo surpreendente. Estava trêmula quando ele beijou-me e, em seguida, falou em meu ouvido:

— Ainda não acabei com você. — Arregalei os olhos e não sabia o que ele queria dizer com aquela frase.

Em segundos ele estava sem roupas, expondo o seu pau coberto de veias, grande e lindo, batendo em seu abdômen e deixando-me com água na boca. Ele veio para cima de mim, segurou as minhas mãos com uma de suas mãos acima da minha cabeça e, com a outra em seu pau, passou a cabeça sobre o meu clitóris sensível.

— Sei que é isso que você quer, vi em seu olhar quando a minha toalha caiu expondo todo o meu corpo. Vi a sua sede e agora quero que você se afogue em mim. — Com essa frase, ele me penetrou fundo, bruto, com uma pegada animalesca, fazendo com que eu o recebesse com todo o seu vigor.

Ele gemia de prazer segurando minha cintura, entrando com tudo. Senti que o seu pau estava ficando inchado dentro de mim enquanto o sugava pelo prazer.

— Isadora, goza comigo! — E foi com esse pedido que me entreguei nesta paixão avassaladora.

Eu me entreguei naquele momento como as mocinhas que eu escrevia em minhas histórias. Parecia uma espécie de feitiço contra a sua feiticeira.

Rock Story

TATY AGUIAR

"Eu só podia ter ficado louca."

Esse foi o meu primeiro pensamento depois que aceitei aquele trabalho.

Trevor Moore não era conhecido somente pela voz maravilhosa e pelo seu excelente trabalho à frente da sua banda de rock, Coldheart. Sua fama, ultimamente, se dava principalmente pelo caos que o cercava fora dos palcos. Mas confesso que sempre tive uma quedinha por ele e, assim que fui selecionada para sua festa privativa na suíte real do Plaza Hotel, em Nova Iorque, aceitei sem titubear.

Eu tive a chance de recusar. Viver por tanto tempo nesse mundo acabou me transformando numa puta de luxo e adquiri várias regalias, como o de poder escolher com quem iria transar.

Já era uma hora da manhã quando entrei dentro do cômodo vazio e escuro, com luzes coloridas brilhando em volta e uma música pulsante tocando pelos alto-falantes. Eu tremia de excitação e nervosismo, muito consciente de onde estava me metendo.

Deixei minha bolsa sobre uma cadeira e me aproximei lentamente. Uma música que eu adorava começou a tocar e, olhando em volta para ter certeza de que estava sozinha, comecei a balançar os quadris.

Enquanto dançava, meus pensamentos voaram para a razão pela qual eu odiava que me vissem dançar. O sentimento de revolta e dor por ser obrigada a abandonar meu sonho de ser uma bailarina famosa por causa de uma madrasta sem caráter queimou meu peito. Eu sabia para onde essas lembranças me levariam, e não ia permitir que elas estragassem a minha noite.

Fechei os olhos e comecei a jogar meus quadris timidamente de um lado para o outro, entrando no ritmo da música e sentindo as emoções que a dança sempre me proporcionou, mas que depois daquela tragédia familiar fui obrigada a esquecer.

Rebolei, girei e me balancei com movimentos sensuais. Quando a música chegou ao fim, estava descabelada e sorrindo feliz de orelha a orelha, até escutar, na entrada do cômodo, palmas sendo batidas lentamente. Virei-me assustada e quase desmaiei com o que vi.

Trevor Moore, lindo com os cabelos revoltos, um sorriso de molhar calcinha nos lábios e usando sua habitual calça preta. Com um olhar matador, ele caminhou em minha direção e, sem que eu esperasse, agarrou minha cintura.

Meu coração batia forte no peito e minha pele formigava, sentindo a adrenalina e o desejo se espalhar pelo meu corpo. Mas dessa vez, tudo era pior, pois foi intensificado pelo tesão que sempre senti pelo Trevor e todos os sinais do desejo que, naquele momento, já beirava o descontrole; dominaram meus sentidos, dopando minha mente

Outra música começou, esta mais lenta e sensual. Consegui sorrir e jogar charme, rebolando colada ao seu corpo. Surpreendentemente, não parei de dançar. Estava me sentindo mais leve e sensual, e a raiva que eu sempre sentia quando me viam dançar simplesmente não apareceu. Relaxei enquanto a música terminava de me preparar para tudo que viria.

— Desculpa, morena, não estou para conversas hoje. Espero que isso não atrapalhe a nossa noite. Te ver rebolar daquela maneira elevou meu tesão a níveis nunca vistos e garanto que você vai gostar da maneira que vou te foder a noite toda. Forte, suado e sujo como gosto. — Sua expressão dura e seu toque possessivo na minha cintura fizeram minhas pernas tremerem.

— A última coisa que quero hoje é conversar — falei passando as minhas unhas pelo seu peito nu. — De resto, sou toda sua.

Meus sentidos estavam em alerta. Com meus olhos fixos no seu, deslizei minhas mãos pelo seu corpo sentindo o calor da sua pele, e seu cheiro bom de homem limpo e perfumado infiltrou-se pelas minhas entranhas.

Sem pudor algum, fixei meus olhos nos seus lábios, reparando na barba cerrada, e fiquei imaginando o que eu sentiria quando me beijasse e esfregasse aqueles pelos na minha vagina.

Ali, à sua mercê, percebi que era a primeira vez que me sentia tão excitada sem nenhum contato mais íntimo. Minha vagina esquentou e a senti úmida sob a pequena calcinha que eu usava, enquanto minha mente protagonizava cenas altamente eróticas.

Seus dedos me apertaram ainda mais e, com um puxão duro, Trevor uniu nossos corpos e me beijou. Não foi um beijo calmo. Ele tomou meus lábios e minha língua. Invadiu-me quente até que perdi o controle do meu corpo, deixando que fizesse o que quisesse comigo.

Eu queria tudo e muito mais. Reagindo, agarrei sua cintura e gemi cheia de tesão com seu gosto mentolado na minha boca. Seu cheiro impregnava a minha pele.

— Rebola daquele jeito de novo, morena — exigiu ao se afastar do meu corpo.

Sua voz grossa pedindo para que eu dançasse foi o suficiente para me fazer ser corrompida pelo tesão absurdo e, mordendo meu lábio, rebolei ao som sensual daquela música, esfregando-me de costas para ele.

No meio das luzes coloridas e enlouquecido de tesão como eu, Trevor puxou-me para seus braços com força, segurando-me tão firme contra sua ereção que eu podia sentir a coluna grossa do seu pau se infiltrando no meio da minha bunda.

Suas mãos se abriram, cada uma em um seio, e seus dedos tocaram-me deliciosamente sobre o tecido fino do meu vestido. Ficamos nos esfregando nessa dança por um longo tempo e fui obrigada a abafar um gemido, não querendo demonstrar como ele estava me afetando.

Pela primeira vez em cinco anos alguém conseguiu me atingir de um jeito que não estava me deixando confortável. Isso não queria dizer que eu não tinha prazer quando fazia sexo. Só que em nenhuma vez um homem me deixou tão dominada a ponto de perder o meu controle. Sempre me blindei e nunca demonstrei algo além de muito tesão.

— Chega dessa provocação, morena. Não posso mais esperar para te comer todinha — rosnou —, vou te dominar com o meu pau. Não importa o quão duro eu te foda, ou o quão dolorida você vai estar no final, você vai implorar para eu te comer de novo e nunca irá esquecer como é ser fodida por mim.

Comigo em seu colo, entramos em um quarto branco e bem iluminado, onde colocou-me no chão, deslizando-me devagar pelo seu corpo. Assim que nos separamos, suas mãos agiram rápidas, arrancando o meu vestido.

Afastou-se um pouco, seus olhos escuros de desejo me avaliavam de cima a baixo. Um arrepio de antecipação escorreu pelo meu ventre, incendiando minha vagina assim que ele rasgou a minha calcinha.

— Deite-se — ordenou indicando a cama, e eu obedeci.

Trevor estava lindo com a calça preta combinando com as tatuagens escuras pelo peitoral esculpido. Caralho! Eu estava parecendo uma jovenzinha virgem e ele ia me devorar.

Subi no colchão rastejando-me de costas para não perder o espetáculo que era aquele homem retirando a roupa. Lambi os lábios quando ele desabotoou a calça e desceu o zíper sorrindo. Então puxou-a para baixo com cueca e tudo e engasguei assim que o vi nu. Porra! Ele era enorme e nunca vi um pênis daquele tamanho. Era longo, grosso e com a glande rosada. Fiquei com água na boca, louca para prová-lo. Não tinha como negar. Ele era inteiro lindo, com músculos nos lugares certos, como se tivesse sido esculpido por um artista.

Lambi os lábios quando terminou de se despir e, rindo arrogante, agarrou seu pau, masturbando-se enquanto olhava para mim.

— Você é linda e gostosa pra caralho, morena.

O fogo já me consumia e sua provocação estava me levando ao limite, doida para atacá-lo e dominá-lo com um boquete bem feito.

Mas antes que eu pudesse agir, Trevor agarrou meus pés e, com um movimento bruto, puxou-me para a beirada da cama e vi seu olhar intenso quando arreganhou minhas pernas.

— Porra, depiladinha — gemeu baixo.

Eu não tinha pelos. Mantinha-me depilada desde que comecei nessa vida e aprendi que era assim que os clientes gostavam.

Gritei forte quando invadiu minha vagina cheio de tesão, e senti a ponta do seu nariz passando em minha carne ao me cheirar. Suas mãos escorregaram um pouco para baixo, abrindo-me, e logo sua língua invadiu-me bem devagar, rodeando meu clitóris.

— Ah... — gemi desesperada, jogando a cabeça para trás quando um prazer sem igual explodiu no meu ventre.

Nunca tinha gozado tão rápido e isso, de certa forma, me desestabilizou. Eu já tinha sido chupada de todos os jeitos, mas nunca daquela maneira, a ponto de me fazer gozar. Tentando recuperar um pouco do meu autocontrole, inverti nossas posições de forma que eu ficasse por cima.

— Porra, que boceta gostosa! — Trevor esfregou os dedos ainda molhados no nariz e depois na boca, saboreando meu gosto devagar.

— Estou doida para saber como é seu cheiro e seu gosto — confessei, já engatinhando pela cama até chegar à sua ereção.

Acariciei, descendo e subindo a mão em seu comprimento, masturbando-o sensualmente até não conseguir esperar mais. Eu sabia bem o que fazer para deixá-lo louco. O problema era que eu também estava alucinada.

Experiente, lambi a pontinha do seu pau e depois puxei-o para o fundo da minha garganta, com a boca grudada em torno do seu membro, até ficar vermelha. Eles adoravam me ver chupá-los forte e fundo ao ponto de engasgar, até salivar desesperada por ar.

— Que putinha, você chupa gostoso pra caralho. — Enfiou os dedos no meu cabelo e rosnou alto, estocando seu pau duro dentro da minha boca. — Adoro uma puta como você, morena. Quanto mais depravada, melhor. Porra, eu tenho que te comer antes que goze na sua boca. — Sua voz saiu rouca enquanto se afastava de supetão à procura do preservativo.

Quando enfim vestiu a camisinha e veio para cima de mim, imaginei que fosse me comer como prometeu, mas ao invés disso, aproximou os lábios para perto dos meus e, sem que eu esperasse, beijou minha boca carinhosamente.

Soltei um gemido abafado quando, ainda me beijando, posicionou a cabeça avantajada do seu pau na minha entrada molhada, deslizando inteiro entre os lábios da minha vagina.

— Ah, porra! — Trevor gemeu e então começou a me comer com firmeza. — Filha da puta, que boceta apertada.

Ele me comeu estocando firme e bruto. Eu só fazia gemer e, com as mãos agarradas à sua bunda, arranhei sua pele como uma gata no cio, para que na manhã seguinte ele pudesse se lembrar de mim.

— Ei, garanhão, deixe-me lhe mostrar umas coisinhas que sei fazer — falei movendo-me ansiosa contra suas estocadas.

Comecei a praticar minhas técnicas de pompoarismo, pois sabia que o deixaria louco. Os homens não estavam acostumados com a pressão produzida por esses movimentos e, quando apertei minha vagina pela primeira, segurando seu pau dentro de mim, vi seus olhos se abrirem incrédulos, e imediatamente parou de se mexer.

Continuei massageando seu pau com as paredes internas da minha boceta, apertando e soltando, e sorri provocante quando percebi que o tinha deixado louco.

— Está gostoso? — sussurrei.

— Caralho, sua putinha safada. Você está proibida de fazer isso de novo se não quiser me ver gozando como a porra de um adolescente — falou me dando um tapa na bunda.

— Adorei te deixar louco. Pelo menos esses anos de puta serviram para alguma coisa. — Sorri de forma debochada.

— Vire-se de quatro. Quero ver essa bunda empinada para te comer bem forte e profundo. Também tenho umas coisas bem interessantes para te ensinar — dizendo isso, Trevor me virou e fiquei lá, com a bunda para cima, sentindo seus dedos inspecionarem meu ânus. Nunca tinha me sentido tão desesperada para ser tomada na minha vida.

Acordei com um gemido alto e com minha boceta latejando de desejo. Sentei na enorme cama olhando ao redor, tentando entender onde estava. Então me recordei.

Eu estava na suíte do Hotel Plaza. Era meu aniversário e eu tinha a alugado e gastado uma fortuna, apenas para reviver os momentos que passei ao lado daquele homem intenso que, há alguns meses tinha me proporcionado a noite mais surpreendente da minha vida, me afetando de uma maneira que eu não esperava.

Naquela noite não pude e nem quis lutar contra todas as coisas que fizemos. O tesão foi violento e eu sabia o buraco negro em que estava me enfiando quando aceitei o trabalho. Adorei cada uma das vezes em que ele me comeu vorazmente naquela madrugada, na qual gozei alucinada.

Não conseguia me lembrar de um dia em que tenha me doado tanto assim, embriagada numa paixão carnal sem que me martirizasse ao pensar que estava sendo paga.

Corpos em Movimento

TAUA LIMA VERDAN RANGEL

Chego diante de um estabelecimento indicado por um amigo. Os letreiros luminosos à frente não informam o real teor dos fatos que acontecem em seu interior. Apesar disso, a minha curiosidade se manifesta cada vez mais intensa à medida que meus passos avançam. Um arrepio de desejo percorre toda a extensão do meu corpo. Sinto que meu coração acelera e os batimentos ficam mais rápidos. Mil imagens são fantasiadas. A boca fica seca só com os pensamentos que vão tomando forma em minha mente inquieta. Há um desejo que não consigo controlar. Na verdade, há um desejo pulsante em mim que não quero mais controlar, quero libertá-lo em sua máxima intensidade.

Estou cansado de uma vida de rotinas, previsibilidades e enfadonhamente chata. Sou Pedro, solteiro, e tenho 30 anos.

Como professor universitário, sigo os meus dias de maneira milimetricamente planejada, horários rígidos, hierarquia clara e comportamentos preestabelecidos em minha vivência cotidiana. Isto é, sou um "perfeito" modelo de profissional a inspirar meus alunos em sua formação. Contudo, isso não me preenche mais, tenho desejos e pulsões muito mais libertinas, livres e que transformam a minha rotina em um caminho de imprevisões e de possibilidades desconhecidas.

Atravesso pela porta principal. Há dois seguranças postados, com feição de poucos amigos e assegurando que, no ambiente caótico que se desenrola no interior do estabelecimento, esteja tudo na mais segura ordem. O segurança que está do lado esquerdo aparenta ter pouco mais de trinta anos e cerca de um metro e noventa de altura. Os olhos são atrevidos e os lábios indecentemente vermelhos, convidativos para momentos de prazer. Vejo, no crachá, que ele se chama Antônio. A cor da camisa realça os braços e o dorso fortes.

Já o segurança do lado direito deve ter cerca de 25 anos. Os cabelos loiros e olhos verdes compõem a figura nórdica de quase dois metros de altura. Mesmo sendo a minha primeira vez naquele ambiente, não consigo disfarçar e os meus olhos são atraídos para a região pubiana que a calça preta e justa acentua. Minha mente viaja em pensamentos sórdidos com os dois seguranças e um cenário em que estejamos com os nossos corpos se tocando, sentindo o suor um dos outros.

— Senhor, boa noite! Bem-vindo à House Royal! Poderia nos mostrar sua identidade? — disse-me Gustavo, o segurança com aparência nórdica.

Rompendo minha imaginação erótica, retorno à entrada do estabelecimento e entrego ao segurança minha identidade. Após conferir meu nome e minha idade, com gentileza agradeço a ele e prossigo em direção ao interior. No bar principal, minha atenção é chamada para a luz em meio-tom, instigante por si só. Sento-me em um banco e peço ao barman um Martini. O jovem que me atende, com um sorriso luminoso, questiona-me se gostaria de algum petisco para acompanhar o drink.

Inicialmente respondo que não. Vou aproveitar a bebida apenas. O Martini é preparado e entregue. Dou um primeiro gole, sinto o gosto forte invadir toda a extensão do meu paladar. Um sabor característico faz-me concentrar somente naquele Martini. Aprecio cada gota do drink e, novamente, minha mente viaja ao ver o sorriso do barman. Com aparência latina, reparo que ele possui uma tatuagem tribal no antebraço esquerdo. Aliás, a tatuagem faz uma composição excitante com o braço forte, com veias saltadas e poucos pelos. A cabeça está raspada, a mandíbula quadrada e os olhos negros compõem um convite para minhas imaginações.

Percebo que o barman repara na minha forma de olhar para ele. Não é apenas olhar por olhar, mas sim um olhar desejoso, clamando por sexo, prazer e orgasmos. Retornando em minha direção, vejo que o último botão da camisa social está desabotoado e consigo ver, em um relance, a cor da sua pele bronzeada. É um delírio poder contemplar aquela visão.

— Senhor, deseja mais um drink? — questiona-me o barman.

— No momento eu acredito que não. Você trabalha há muito tempo aqui? — indago-o, tentando manter um diálogo.

— Não. Eu estou aqui por volta de oito meses. É pouco tempo, mas já deu para ver muita coisa — dispara o barman com um sorriso entrecortado. — Nunca te vi por aqui. É a sua primeira vez?

Com um sorriso um tanto quanto envergonhado, confesso positivamente e digo que estou ali querendo quebrar a rotina, romper com a monotonia. Após alguns minutos de conversa e descobrindo que o barman se chama Adriano, vejo que ele coloca a mão na altura do pênis, fazendo um movimento como se estivesse ajeitando-o na calça. Meus olhos não conseguem disfarçar o meu interesse em seu corpo. Uma segunda vez, só que com mais intensidade, ele faz o mesmo movimento e, por mais uma oportunidade, meus olhos seguem cada detalhe das suas mãos.

— Você está acompanhado? — ele me pergunta.

— Na verdade, Adriano, estou sozinho. Vim desacompanhado. Estou deixando o acaso trabalhar em meu favor — disse com um olhar que confessava minha real intenção.

— Eu tenho uma folga de uma hora e meia a partir das dez horas da noite. Quer me aguardar? Podemos ver se o acaso já trabalhou em seu favor — dispara ele em minha direção.

Olho para o relógio e são nove e quarenta da noite. Respondo positivamente. A vontade de estar com o barman é mais forte que qualquer coisa. Minha mente fica a imaginar como será o corpo dele nu, como serão os músculos escondidos por debaixo daquela camisa, como será o gosto da sua boca e a força dos seus braços. Fico abduzido em meus pensamentos, quando sinto a mão dele tocar a minha.

— Vamos para um lugar mais privado? — ele me questiona, já sabedor da resposta que eu daria.

Retribuo ao toque e, confirmando o questionamento do barman, vamos em direção ao segundo andar do House Royal.

Subindo as escadas, sinto que a mão vigorosa dele toca minha cintura. Incontrolavelmente, uma excitação percorre-me pelo peso de seus dedos sobre o meu corpo. Após chegarmos ao alto da escada, Adriano aponta em direção a um corredor que fica do lado esquerdo do prédio. Apenas com um sorriso malicioso no rosto, ele me conduz em direção a uma porta grande. A luz esmaecida ilumina fracamente todo o ambiente. Consigo, com meus olhos desejosos, discernir algumas silhuetas na extensão do ambiente. Os corpos se movimentam de maneira vigorosa e o cheiro de sexo, desejo e prazer inunda todo o ambiente.

Vamos caminhando entre as silhuetas dos corpos se tocando. Vez por outra ouço um gemido de prazer inundar o ambiente. Há uma música erótica que preenche todo o espaço e as pessoas, como se estivessem em um transe, vão dando lugar aos desejos, à libido, à vontade de ter, sentir e oferecer o mais delirante prazer. Há um convite explícito para que as pessoas se entreguem, sem medo, sem amarras, sem convencionalidades.

Caminhamos por mais alguns metros e Adriano balbucia em meu ouvido que estava incontrolavelmente excitado. Com uma de suas mãos puxa a minha em direção ao seu sexo, e posso senti-lo ereto e pulsante. Com a boca atrevida, ele começa a beijar meu pescoço dizendo obscenidades e como estava com vontade de ter meu corpo junto ao seu. Sinto que, em minha testa, uma gota de suor escorre, e minha respiração se torna cada vez mais ofegante, resultante do desejo que nos arrebata.

Em um abraço apertado, sinto o tronco de Adriano sem a camisa e uma leve camada de pelos cobrindo toda a extensão. A respiração dele, em meu ouvido, denuncia o desejo que o invade. Abraçando-me contra a parede, o corpo dele pressiona o meu e nossos sexos se tocam em um movimento contínuo e estimulante. Retirando-me a camisa, sinto os lábios úmidos descerem até tocar os meus mamilos e os sugarem de maneira frenética. É impossível conter o desejo que exala de nossos corpos. Virando-me de costas contra a parede, posso sentir o pênis em máxima ereção esfregando contra mim, as palavras de desejo confessadas ao pé do meu ouvido.

— Gosta do que sente? — indaga-me Adriano em um sussurro.

— Sim, gosto muito de sentir você excitado, sentir sua boca quente tocando-me, sentir suas mãos hábeis percorrendo meu corpo — respondo.

— Quero penetrar você! Quero sentir o meu corpo unido ao seu! — exclama o barman ao pé do meu ouvido.

— É o que mais quero... penetre-me com força, com prazer — digo a ele.

Sinto sua mão forte a tocar minhas costas. Cada um dos cinco dedos vai tateando a minha pele macia. A barba por fazer arranha minha nuca e a outra mão ligeiramente desce minha calça e minha cueca. Após colocar o preservativo, sinto que Adriano passa um lubrificante em seu pênis e, com uma fala certeira, me diz para relaxar. O sexo ereto de Adriano pressiona o meu corpo e, relaxado, posso enfim sentir a penetração.

O movimento contínuo e vigoroso de Adriano nos arranca gemidos. O cheiro da excitação percorre nossos corpos e o suor salgado que escorre reflete nosso esforço naquele momento. Enquanto mantém a penetração, Adriano, com a outra mão, toca o meu membro, iniciando uma masturbação frenética. Os seus dedos fortes e com pouca sutileza apertam meu sexo e me faz delirar de tamanho prazer. A boca úmida do barman percorre minha nuca, pescoço e alcança minha orelha, de maneira voraz e sem qualquer compostura.

Não mais podendo me conter, sinto um gozo intenso percorrer todo o meu corpo e acabo ejaculando. Segundos depois ouço, em um gemido íntimo, Adriano dizer que não mais conseguia se controlar, pois também gozaria. O barman urra de prazer enquanto ejacula. Vestindo-se após me dar um beijo demorado, o barman retorna ao seu posto de trabalho, ao passo que eu fico ali, vendo aquelas silhuetas de corpos em movimento... em um movimento excitante, frenético e regado a prazer...

Giò e Lilly

LUCY S. NORTON

Teano, 5 de março de 2023. Giordano.

O 44º aniversário da Lilly fora comemorado como ela gostava: saímos com nossos amigos para dançar. A segunda parte das comemorações seria em Teano, com nossos amigos e familiares.

Sábado, voamos para Nápoles, como sempre. O carro ficou lotado com caixas de livros, malas, a caixa da Gettie na traseira da SUV. No banco de trás, Hilda, Aura e Vivien. Para completar, um congestionamento na estrada.

O carro rolava três metros e parava; mais três metros e outra parada. Uns engraçadinhos cortando pelo acostamento, calor, sirenes, a vontade de chegar logo na villa... Aura estava um pouco mole e chorosa, alarmando Lilly.

— Viv, por favor, sirva um pouco de água para a Aura.

— Mamma, a sacola térmica não está comigo.

— Mamma... — Aura fez um beicinho e seus olhinhos estavam cheios d´água.

— Cazzo! Eu coloquei na traseira do carro! — Dei um soco no volante.

— Viv, tente alcançar a sacola, por favor. — Lilly, mesmo presa ao cinto de segurança, tentou consolar nossa pequenina ao fazer o pedido para Vivien. A adolescente fez o que pôde, esticou-se ao máximo, mas Giordano, il scemo, havia colocado a sacola bem perto da porta. Era onde cabia.

— Ma chè cazzo! Sono un… — resmunguei quando, além de tudo, um disgraziato literalmente embicou o carro para entrar na frente do Volvo. Aura chorava, incomodada.

Sem querer, minha mulher cometeu um ato impensado, apenas para que nossa filha ficasse mais confortável: abriu a porta e botou meio corpo para fora do carro. Nessa hora, uma moto vinha a toda; tive apenas tempo de puxá-la para dentro e, consequentemente, ela puxou a porta. O motoqueiro disparou a buzina e nos xingou. O impacto seria fatal para os dois. Ela tremia inteira, pálida e com os grandes olhos verdes cheios de pavor, arregalados para mim.

— Está tudo bem agora. Só não se arrisque mais, por favor.

— E - eu pensei em… — Lilly gaguejou.

— Eu sei, a Aura está com sede. No primeiro ponto de escape eu paro o carro e pegamos a sacola. — Eu tinha que me acalmar e acalmá-la também, ou o caos se instalaria dentro do veículo. Até Aura, com dois anos, entendeu a loucura que a mãe fez para atendê-la e calou-se.

Como eu prometi a ela, parei o carro no primeiro ponto de escape da estrada. Saímos do carro, abri a porta traseira e ela pegou a sacola térmica. Olhei para Gettie, que também estava cansada de ficar dentro da caixa.

— Ok, ragazza mia! Vamos passear um pouco.

— Giò, você quer um pouco d´água? — Ela me ofereceu a água daquela garrafa geladinha e suada. Aceitei o copo plástico gelado, a água desceu pela minha garganta e me fez tão bem... Aura, com seu copinho com bico, queria sair para esticar as perninhas, assim como Vivien e Hilda. Vivien falou algo em português para a mãe e Lilly voltou ao porta-malas com Aura no colo para pegar uma toalha. As quatro desapareceram atrás das árvores.

— Você é a única menina no carro que pode mijar ao ar livre e não vai presa — eu disse para Gettie, que estava agachada fazendo xixi.

Minutos depois, as quatro voltaram e pareciam bem aliviadas, assim como o trânsito começava a fluir melhor. Guardei a Gettie na caixa e baixei a porta.

— Me dê um minuto, também preciso me aliviar — cochichei para Lilly. Por trás da árvore, eu a vi prender Aura no cinto enquanto Hilda e Vivien se sentavam ao lado da cadeirinha. Estava tudo bem, tudo tranquilo. Voltei alegre para o carro e todas elas estavam satisfeitas. — O que temos na sacola térmica e mágica, signora Gaetani?

— Maçãs, cenouras cortadas à Juliane, bananas… Água… A picanha brasileira para o churrasco...

— Nada de batatas chips?

— Boh! Não é você quem é o atleta da família? — Ela apertou o meu nariz. — Brincadeira! Eu tenho um pacotinho de batatas chips no porta-luvas, seu bobo! Por que não pediu antes?

Chegamos na villa na hora do almoço, cansados e famintos. Aura comeu um pouquinho e dormiu no meu colo, com o dedão na boca aberta. Lilly correu para sua bolsa a fim de pegar sua máquina e nos fotografou. Coloquei Aura no sofá de alvenaria debaixo da janela da sala de jantar para terminar de almoçar.

O dia, apesar do trânsito na estrada, foi normal: Vivien me pediu ajuda para estudar Matemática, enquanto Aura dormia e Lilly organizava os livros que trouxemos de Milão.

Lilly estava telefonando. Eu, no quarto, olhando pela janela a sombra do estábulo, me lembrava do flagra da noite anterior. O céu estava limpo e estrelado.

Os gemidos que vinham de dentro de uma baia... A sombra de Hilda e Blaney juntos...

Chè farabutto! Fodendo a babá da Aura numa das baias vazias!

Poderia ser eu e a Lilly...

Ah...

Sorri com a ideia: eu, Lilly e duas câmeras de filmagem. Algum tempo antes eu tinha comprado uma GoPro e um suporte para a cabeça, no intuito de filmar meus treinos, tantos as corridas quanto as pedaladas. Peguei as câmeras, um cobertor, frutas, uma garrafa de champanhe e duas taças; preparei rapidamente a baia. Entrei no quarto e a Lilly estava descalça e tirando a meia fina.

— Quero lhe mostrar uma coisa. Calce as botas. — Coloquei a cabeça dentro do quarto. Cruzando o gramado, ela perguntou se havia algum problema com os cavalos. — Não, eu só quero lhe mostrar... uma coisa.

— Ai, ai, ai... — ela resmungou.

— Você sabe, dois dos nossos empregados estão namorando. — Estávamos passando pela área da piscina enquanto lhe falava sobre os empregados.

— Quem?!

— Mr. Blaney e Hilda.

Ela parou e ergueu as mãos.

— Calma lá! Eles estão namorando? E por que ela não disse nada? Passam a semana inteira longe um do outro!

Ri e, de frente a Lilly, peguei a mão dela para continuarmos o caminho no escuro.

— Talvez porque os salários sejam bons e eles gostam do que fazem. E, quando se encontram, matam a saudade das formas mais criativas e excitantes que possam imaginar.

— Não estou entendendo...

— Semana passada eu ouvi uma risadinha abafada e pessoas caminhando pelo gramado. Fui até a janela e vi a Hilda de roupão, abraçada ao Blaney. Foi aí que eu entendi tudo: os dois namoram e estavam se dirigindo ao haras. Só que convenhamos: qual a graça de um encontro na mesma casa em que mais três pessoas dormem?

— Giordano, corta a besteira e vai logo aos "finalmentes"! — ela disse em inglês, dando risada.

— Eu os segui e... — Entramos no estábulo. — Eles estavam aqui.

— No estábulo? Com as éguas? Fazendo o quê?

Tapei a boca para minha gargalhada não ser alta e chamar a atenção dos empregados.

— Amore mio, pensa! O que eles poderiam fazer?

Ela piscou tantas vezes que eu jurei que os cílios postiços voariam.

— Eles...? — Liliana estava boquiaberta.

— Venha, Liliana Gaetani! — Peguei a mão dela e entramos na baia. — Era aqui que eles estavam fazendo amor vigorosamente.

Ela olhou em torno, constatando a presença de um cobertor no chão, o balde de gelo, a garrafa de champanhe e as taças. Por outro lado, eu estava ligando a câmera filmadora.

— Giordano, isso tudo é deles? Quero dizer, eles trouxeram para cá?

— Não, fui eu quem trouxe. — Apontei a câmera para ela. — Não sei se o nosso administrador também trouxe champanhe para a sua amada, mas eu trouxe e eu quero filmar o nosso próprio filminho pornô rural.

Lilly se dobrou para a frente, com uma mão na boca e outra na barriga, rindo.

— Vamos lá, moglie! Mostre para a câmera a xoxota mais bonita dos dois lados do Atlântico!

— Giò...! — Ela enxugou as lágrimas provenientes da gargalhada.

— Se você não levantar essa saia e tirar a calcinha, eu o farei e arrebentarei a calcinha de número cem. — Confesso que eu estava doido para arrebentar a calcinha dela usando o Go Pro preso à cabeça.

— Ai, ai, ai! Lá vamos nós! — Ela ainda ria, e ergueu a saia do vestido.

— Tire a calcinha — disse-lhe ao me ajoelhar em frente a ela. Os olhos verdes rolaram e ela começou a puxar a calcinha para baixo até ela cair em cima das botas. — Isso, puledra... Agora, abra as pernas para a câmera... Aaah... Isso... Assim, puledra mia... Entre na brincadeira!

Ela cobriu a boca com os dedos indicador e médio e fechou os olhos; a outra mão segurava o vestido sobre sua barriga. A câmera iluminava a sua pele e a penugenzinha de suas coxas ficavam mais visíveis com o arrepio que sentia. Abaixei a câmera.

— Coloque sua perna sobre meu ombro.

Ela colocou a perna sobre meu ombro e eu enfiei o rosto entre suas pernas para sugá-la, lambê-la e mordê-la. A câmera nos captou de uma forma estranha, porém, o áudio era uma delícia, cheio dos gemidos dela e os meus. Olhei para cima e a vi se segurando na paredinha entre as duas baias, olhos fechados e agarrando também seu seio.

— Tire seu vestido — pedi, extasiado com a visão. Não havia mais timidez e ela o fez de forma sensual para a câmera. As únicas peças que ela vestia eram seus calçados, os anéis e o par de brincos. Dei um close-up nos mamilos dela, duros.

— E você? — ela disse suspirando. Pendurei a câmera num prego e me certifiquei de que ela me filmaria tirando a roupa.

— Atendendo ao pedido da minha puledra gostosa, eu vou me filmar tirando a roupa.

Tirei a roupa e joguei cada peça para ela, e minha puledra adorava o que estava vendo. Sem sequer os calçados, rosnei:

— Fique de cara para esta parede, se segure com as duas mãos e coloque o pé no banquinho.

Grudei-me em suas costas e acariciei os seios, a barriga e o meio das pernas, enquanto beijava seu pescoço. O corpo dela era um mundo de luxúrias e o som de sua voz me pedindo mais, me chamando de "amor da minha vida" em português, me deixavam louco de tesão. Soltei-a e coloquei a Go Pro na cabeça.

— É uma superprodução, puledra! Teremos a nossa foda gravada de lado e também POV.

Ela voltou a rir.

— "POV"? Point of view? Va bene, Giordano Loffredo Gaetani! Meu Stallone... Me pega com toda a força... — Ela se encostou na parede e se segurou, esperando que eu a segurasse pela cintura e a erguesse para fodê-la cheio de desejo, beijando seus lábios e tendo a minha cintura rodeada por suas pernas longas.

Deite-a sobre o cobertor para continuarmos a fazer amor. Era a junção de nossos corpos, almas e corações. Estávamos de mãos dadas e a cada investida minha, a cada suspiro dela, a cada gemido meu, estávamos mais e mais perto de uma gigantesca onda chamada orgasmo. Desabei sobre seu corpo e lhe dei um beijo perto da orelha. A minha grande recompensa: enfiar o rosto na cabeleira cor de avelã e no ombro cheirando a flores de cerejeira, enquanto ela delicadamente acariciava minhas costas e minha nuca.

— Uma moeda pelos seus pensamentos — ela ofereceu.

— Pensando em quanto você é maravilhosa e eu tenho sorte de ser seu marido — respondi.

— Eu tenho mais sorte ainda por te amar demais e ser correspondida na mesma intensidade.

Nossos olhos se encontraram e eu vi todo o amor que ela tinha por mim, o que me deixou emocionado.

Sol e Lua

HELOÍSA M. ÁLVAREZ

Como sempre, Laura estava atrasada para a consulta com a psicóloga. Entrou correndo no prédio, gritou um "sobe" para alguém segurar o elevador que estava no térreo (se perdesse aquele, ia demorar uma eternidade até vir outro) e, esbaforida, apertou o botão do 10º andar. Viu que apenas o do 20º estava aceso; felizmente, subiria direto.

Respirou fundo e, quando o elevador fechou a porta, viu que o outro ocupante a olhava. Era um homem alto, forte, bronzeado, com cabelos e olhos escuros, usando uma roupa esportiva; típico "menino do Rio", e provavelmente em tudo oposto a ela, uma administradora *workaholic*, cor amarelo-escritório e vestida com roupa de trabalho. Ele puxou papo:

— Trabalha neste prédio?

— Não, vim ver uma pessoa.

— Hum, namorado?

Ela ficou vermelha:

— Não, não.

— Peguete, ficante?

Como ele podia ser abusado a ponto de fazer essas perguntas embaraçosas?

— Não, nada disso.

— Quer tomar um açaí comigo depois?

Oi? Que tipo de pessoa convida uma desconhecida no elevador para um açaí? Ela olhou para ele: lindo sorriso, jeito cativante, olhar sedutor... O elevador abriu a porta no 10º andar; Laura ia descer, mas mudou de ideia. Era solteira, independente; podia muito bem se dar ao luxo de tomar um açaí com alguém depois do trabalho. O elevador fechou a porta novamente e continuou subindo.

— Anota meu Whatsapp e me manda uma mensagem depois.

Ele riu. Que boca maravilhosa! Laura pensou em como seria sentir aquela boca explorando seu corpo. "Tomara que ele entre em contato mesmo", pensou.

— Claro. Vim assinar um contrato aqui no prédio. Sou ator.

Bonito e ator. Devia ser interessante ser ator e poder viver tantos personagens diferentes, tantas vidas em uma só. O que ele poderia ter visto nela?

Saíram no 20º. Ele registrou seu nome e número no celular, e em seguida mandou um "oi" no aplicativo para confirmar. *Recebido, até mais*. Laura, sem saber o que fazer, se despediu dele com um aperto de mão.

Quando entrou de novo no elevador para voltar ao 10º, Laura segurou a porta e disse:

— Ei, você não me disse seu nome.

— Felipe.

— Até mais.

— Até.

No elevador, ela olhou para a foto dele no Whatsapp. Que jeito de galã! Checou sua própria foto: cara de cansada e olhos meio maníacos, mas não estava tão ruim. Quem sabe...

Laura passou a sessão falando de Felipe. Será que ele entraria mesmo em contato? Se não entrasse, será que ela deveria tomar a iniciativa e ligar?

Depois da consulta, voltou ao trabalho, ainda pensando nele. O dia terminou sem nenhum contato. O outro dia seria uma sexta-feira; quem sabe ele trocaria aquele açaí por um drinque à noite? Não, nada de Felipe. Ainda bem: naquela sexta, ela ficou até tarde no trabalho e ainda levou um monte de relatórios para revisar em casa. Ficou até as duas da manhã à base de chocolate e café.

Dia seguinte, sábado de sol. Ideal para ficar na cama, no ar condicionado, até meio-dia. Mas quem era o filho da mãe que estava ligando às 7h da manhã? Atendeu, sonolenta, e ouviu:

— Bom dia, Laura! Está um lindo dia de sol. Vamos à praia? Quem sabe uma trilha, curtir o sol, a natureza?

— Felipe? Achei que atores não acordassem cedo.

Mas era óbvio que, com aquele bronzeado e aqueles músculos torneados, ele era um ser solar. Em tudo oposto a ela: amante de lugares fechados e noturnos. Será que seu único biquíni, usado algumas vezes para ir à piscina com as amigas, ainda ficava bem nela?

— Vamos, me encontra em Copa. A gente pega um sol, toma água de coco, podemos subir até o Forte do Leme, bora?

Laura devia estar doida, mas disse:

— Tudo bem. Às 8h, pode ser?

Ele confirmou e ela, cheia de sono, desligou o telefone. Tomou um balde de café, um banho frio para despertar, pensou se saberia como se comportar na praia, achou que tudo era uma loucura, mas foi em frente. Que olheiras horríveis, meu Deus! Na praia nem dá para disfarçar: todas as imperfeições ficam visíveis. Pelo menos o biquíni estava ótimo. Olhou seu corpo no espelho e se achou bonita e desejável.

Colocou um vestido floral por cima do biquíni e pegou um táxi até Copacabana para evitar o metrô, provavelmente cheio naquela hora. Felipe já estava no lugar marcado. Dessa vez, se cumprimentaram com beijinho no rosto em vez de aperto de mão. Enquanto a beijava, ele colocou a mão em sua cintura. O contato da mão dele por cima do vestido era delicioso, e ambos tentaram prolongar aquele momento.

Até que não era ruim ir à praia. Alugaram cadeiras e guarda-sol e beberam água de coco. Ele fazia o estilo saudável; realmente não podia ser mais diferente dela, que amava açúcar, álcool e ia à academia só por obrigação. Conversaram um pouco e ele disse que ia dar um mergulho. Tirou a camisa e o short e Laura quase teve um troço ao vê-lo só de sunga. Que corpo lindo! Músculos definidos, mas sem exagero, e que coxas! Pensou em como adoraria acariciar aquele corpo e desejou que isso se tornasse realidade antes do fim do dia.

— Você não vem?

— Oi?

Ela nem sabia o que fazer ou o que dizer.

— Vem mergulhar comigo, a água deve estar boa.

Ela estava sem reação e tirou mecanicamente o vestido. Ficou um pouco envergonhada de ficar de biquíni na frente dele;

não era feia, mas não tinha como se igualar àquele corpo maravilhoso e perfeito que ele ostentava. Quando chegaram à beira do mar, ela lembrou:

— Espera, Felipe. Não posso entrar na água. Tenho medo de mar.

Era verdade. Hipnotizada por Felipe, tinha esquecido. Mas, ao chegar à beira do mar e ver aquela imensidão, entrou em pânico.

— Calma, linda. Não precisa ter medo. Você tá comigo.

Ele pegou sua mão e entraram no mar devagar. Quando estava com água pelos quadris, Laura ficou histérica, chegou mais perto dele e o abraçou com força.

— Estou com medo!

Felipe gostou daquele abraço. Tentou tranquilizá-la acariciando seus cabelos e sussurrando no seu ouvido:

— Estou com você, eu te protejo do mar. Nada vai te fazer mal enquanto eu estiver aqui.

Ela se acalmou aos poucos e gostou do contato da água, maleável e maliciosa em seu corpo. Felipe pegou a mão dela e foram um pouco mais para o fundo. Se abraçaram de novo. Ela esqueceu do medo e sentiu aqueles músculos definidos e fortes contra seu corpo macio e acolhedor. Riu.

— Estou dando vexame que nem uma menina de 5 anos.

Ele segurou seu queixo, levantou seu rosto e a beijou. Primeiro foi apenas um selinho, roçando os lábios nos dela, trocando a respiração, sentindo seu cheiro. Passou a língua em sua boca e ela entreabriu os lábios para receber seu beijo quente, urgente e apaixonado. Ele a segurou forte pela cintura e a beijou por muito tempo, as línguas se tocando, o corpo se esfregando, a excitação percorrendo a espinha. Tudo o que ela quis foi se perder logo naqueles braços e se entregar a Felipe. Será que fariam amor? Seu corpo pedia, gritava, implorava pelo dele.

Depois do beijo, Felipe a abraçou forte e ela apoiou o rosto em seu peito. No abraço, sentia a excitação, o volume duro contra o seu corpo. Ele tentou disfarçar.

— Vem, vamos brincar um pouco na água.

Quando saíram da água (ele precisou de um tempo longe do corpo dela para não sair de pau duro), tomaram um pouco de sol. Laura curtiu o calor no corpo. Não era ruim; até que seria bom vir à praia de vez em quando. Será que Felipe a chamaria mais vezes? Estava doida por ele. Eram tão diferentes... Como poderia imaginar que curtiria tanto uma manhã na praia, que perderia o medo do mar e que gostaria de sentir o sol cálido bronzeando sua pele?

Comeram alguma coisa na praia (ele observou que o petisco não estava à altura da sofisticação de Laura) e, como prometido, subiram até o Forte do Leme. De vez em quando ela precisava parar para recuperar o fôlego naquela ladeira. Não tinha o preparo físico de Felipe; ainda bem que o sol não estava muito forte. A cada parada, Felipe a beijava e a segurava pela cintura ou pelos quadris. A vontade dela era sair da trilha, se embrenhar no mato e se entregar à excitação, mas teve que se controlar.

Lá de cima, aquela vista impressionante da cidade. Ficaram um tempo admirando a paisagem, respirando o ar puro e namorando. Quando o abraçava mais forte, Laura sentia a excitação de Felipe e ficava enlouquecida.

Quando desceram, ela já estava pensando em criar coragem e chamá-lo para um hotel, mas veio o balde de água fria:

— Vou ter que te deixar, minha linda. Tenho peça à noite e preciso me preparar.

— Ah, tudo bem.

Ela disfarçou a decepção e ele disse, entusiasmado:

— Quer me ver atuar? Geralmente eu vou pra casa dormir depois da peça, mas podemos fazer alguma coisa hoje. Quer?

Claro que ela queria! Quase pulou no pescoço dele de alegria. Antes de se despedir, se beijaram mais e ele disse:

— Você me deixa com tesão. Vou atuar cheio de tesão essa noite. Isso é bom para um ator.

A peça ocorreria no início da noite, em um pequeno teatro da Zona Sul. Ela voltou para casa e tentou controlar a ansiedade. Sempre tinha sido uma pessoa difícil de conquistar, mas agora estava se sentindo uma adolescente, cheia de excitação e euforia.

Colocou um vestido simples, sapato de salto baixo e pouca maquiagem. Queria parecer casual. Mas caprichou na lingerie. Não quis ousar com uma vermelha; escolheu uma preta, de renda, discreta, mas sensual. Dessa vez pegou metrô; tentou controlar a excitação e se distrair olhando as pessoas.

Era uma peça moderna e Felipe estava em um papel importante, denso. Além de bonito, era bom ator. Depois da peça, ele a levou aos bastidores e a apresentou aos colegas. As opiniões sobre ele eram unânimes: talentoso e com futuro.

Depois que se trocou, perguntou o que ela queria fazer.

— Você me apresentou um pouco do seu mundo, agora vou mostrar um pouco do meu.

Laura o levou para jantar em um restaurante, para ela casual, mas para ele muito sofisticado. Pediu vinho e ele fez a concessão de beber "uma tacinha só". Falaram sobre a peça, riram muito juntos e ficaram excitados. Ele sabia que era bom jantar e beber um pouco com uma companhia agradável; não precisava ser saudável e sóbrio o tempo todo. Para adiar ainda mais a consumação daquele desejo, foram dançar. Ele pensou que beijar em uma pista de dança era tão gostoso quanto beijar na praia.

— Você me excita demais, Laura.

— Eu tô doida por você. Quer passar a noite comigo?

Claro que ele queria. Finalmente, foram para um hotel. No elevador, se beijaram loucamente. Elevadores seriam sempre um lugar especial para o casal: haviam se conhecido em um.

No quarto, Felipe acariciou a cintura e o quadril de Laura. Mãos fortes, decididas; boca quente, molhada; olhos lindos, hipnotizantes. Como ele era gostoso! Tirou a camisa, e ela fez carinho naquele peito forte, que a tinha deixado tão segura na praia de manhã. Ela tirou o vestido, mostrando seu corpo bonito no conjunto preto.

— Gostosa, estou doido por você desde que te vi entrando naquele elevador.

Ele a deitou na cama com carinho, tirou o resto da roupa e ficou só de cueca. Que coxas lindas! E aquele volume, que Laura tinha sentido o dia inteiro, a excitação dele; finalmente aquele desejo se consumaria.

Felipe tirou a lingerie de Laura e acariciou seu corpo, beijou seus seios, passou a língua em sua barriga e a chupou com muita vontade. Ela gemeu com a língua dele em seu sexo.

— Você hoje é minha rainha. Quero te dar todo o prazer do mundo.

E foi o que ele fez, se dedicando a fazê-la gozar. Até que ela implorou:

— Me dá seu pau, Felipe, por favor.

Ele tirou a cueca e ela o explorou com a língua.

— Você é todo gostoso!

Beijaram-se mais e ela ficou por baixo dele. Queria senti-lo inteiro nela, aproveitar bastante aquele momento pelo qual tinha passado o dia todo esperando. O carinho dele e os movimentos rápidos de seu quadril fizeram com que seu íntimo se contraísse e a excitação crescesse mais e mais. Um turbilhão de sentimentos, os orgasmos fortes dela, o gozo dele. Tudo foi intenso e mágico naquela noite.

Abraçada a Felipe, saciada depois do amor, Laura pensou no mistério de duas almas tão diferentes se encontrando nos caminhos da vida. Suspirando, pensou se daria certo. Mas não era hora de pensar no futuro; a noite era longa e ainda tinham muito a aproveitar.

O inverno em Vancouver

LORENA DA COSTA

Meu nome é Samantha e estou de partida do Brasil para o Canadá. Estas são as férias mais esperadas de toda a minha vida. Tomei a decisão de visitar minha amiga Alexsandra para viver algo diferente do relacionamento que tenho com meu marido George, nos últimos seis meses.

Sim, já se passou todo esse tempo desde aquela noite de lua cheia que nos amamos nas areias de Copacabana. A brisa estava fria e eu me senti aquecida pela sua pele, pelo seu cheiro, suas mãos percorrendo meu corpo. Sua pele estava levemente bronzeada e exalava um perfume amadeirado. Ele sabia como me enlouquecer, e o mais gostoso: fazia isso de maneira lenta e gradual, para que eu sentisse o máximo de prazer.

A verdade é que nosso relacionamento começou a entrar em crise devido à maneira passiva e permissiva que George tem de lidar com os parentes que estão ao redor, os quais interferem demais em nossa vida de casados. Eles vêm dos dois lados: é a minha mãe achando que temos que fazer as coisas acontecerem no tempo dela, é a mãe dele que usa sua doença mental para fazer chantagens emocionais, os nossos pais, os nossos irmãos... Eu estava querendo me libertar de tudo isso, nem que fosse por alguns dias. E a Alex estava lá, de braços abertos para me acolher. Lembro-me do dia em nos conhecemos em meio ao tumulto da livraria na qual ela trabalhava, em um shopping na capital do Espírito Santo, Vitória. A primeira impressão que tive foi de que era uma pessoa bastante excêntrica, com um uniforme estilo social e um corte de cabelo que em nada a favoreciam. George foi o responsável por nos apresentar e, mesmo ele sendo amigo dela há mais de dez anos, descobrimos que nós duas tínhamos, em bem menos tempo... muito mais coisas em comum do que imaginávamos.

♡♡♡

Meu nome é Alexsandra, mas há muito tempo – na verdade, desde que me descobri lésbica e me aceitei dessa maneira – prefiro que as pessoas me chamem de Alex. Eu nasci numa família bem-sucedida economicamente, sempre tive as melhores oportunidades na vida, o que me faltou mesmo foi a força de vontade ou a "vergonha na cara" de aproveitar as oportunidades. Mesmo assim, meus pais me apoiaram na decisão de vir tentar a vida – ou a sorte, como outros dizem – no Canadá. Estou aqui faz uns 6 meses, acordando cedo todos os dias – o que já é bastante coisa para alguém que só levantava da cama ao meio-dia –, pegando ônibus e metrô o dia inteiro para trabalhar como faxineira na casa de pessoas com as quais não consigo sequer me comunicar direito. Mesmo assim, estou gostando bastante da experiência.

Bem que eu gostaria de ter me fixado e resolvido todas as minhas questões existenciais no Brasil, porém, elas envolviam outras pessoas pelas quais talvez não estivesse disposta a pagar o preço. Talvez eu encontre alguém por aqui ou me conforme em viver somente casos ao acaso.

Vancouver, março de 2019.

Para quem estava eufórica em apreciar a neve cair no Canadá, Samantha até que demorou muito para vir me visitar. Estou indo esperá-la no aeroporto para darmos início às suas férias, espero que sejam as melhores de toda a sua vida. Ela merece, depois de todos os problemas que enfrentou ao lado de George. Sério, eu acho que ela suportou coisas demais; eu, no lugar dela, teria ido embora sem olhar para trás.

Surpreendi-me com sua aparência ao vê-la descer do avião. Ela havia adotado um corte de cabelo curto, muito radical para alguém que adorava seus longos cabelos. Samantha me abordou com sua alegria e espontaneidade de sempre. Ao nos abraçarmos, pude sentir que até mesmo seu perfume tinha mudado, indo do frescor da lavanda a um cheiro amadeirado que não sabia definir qual era. Eu achei interessante todas aquelas mudanças, para mim elas combinavam muito mais com sua personalidade.

Samantha me disse que gostaria de fazer algo que nunca tinha feito em sua vida, então resolvi levá-la para conhecer a pista de esqui "Whistler-Blackcomb Resort", palco dos Jogos Olímpicos de Inverno de 2010.

Como não tínhamos nenhuma prática em esquiar ou coisas do gênero, preferimos optar por utilizar um trenó para descermos as pistas. Foi nesse momento que nossa conexão começou a ficar diferente. Vi um brilho diferente nos olhos de Samantha ao pegar suas mãos para levantá-la da neve em nossos inúmeros tombos, e meus mamilos logo se excitaram. Eu não pude acreditar naquilo, afinal, em meus muitos devaneios me imaginei ao lado de Samantha como se fôssemos um casal, e agora toda a fantasia estava a um passo de torna-se real; por outro lado, meu instinto de sobrevivência reclamava seu direito à liberdade e me alertava para frear esse ímpeto amoroso.

Divertimo-nos por um dia inteiro naquela neve e, lá pelas 05:00 p.m., tomamos um táxi e retornamos à minha casa, que era pequena, mas muito aconchegante para alguém que vive sozinha como eu. Meu espaço tinha uma sala com lareira - que fiz questão de acender assim que chegamos, pois percebi que Samantha estava trêmula e espirrava constantemente –, uma cozinha, que também me servia de copa e um quarto com banheiro, cama de casal e um armário, o que era mais do que suficiente para mim. Após meu longo banho quente – devo ter demorado mais ou menos uns 30 minutos –, percebi que Samantha ainda continuava trêmula e, ao tocá-la na testa, senti sua pele ardendo em febre.

Naquele instante, ela segurou minhas mãos entre as suas e pediu que eu a aquecesse com o calor do meu corpo. Me senti um pouco constrangida, imaginando se Samantha havia percebido meu desejo por ela, mesmo assim atendi seu pedido. Porém, Samantha foi muito além do que eu imaginei. Pediu que eu deixasse somente as chamas da lareira iluminando o ambiente e fôssemos para o meu quarto. Quando entramos no que eu denominava de "meu ninho", continuei de pé, imóvel, sem querer quebrar o encanto daquele momento. Ela pediu que sentássemos lado a lado em minha cama, Samantha acariciou meu rosto e fez com que nós duas deitássemos abraçadas. Eu estranhei ainda mais seu comportamento e pensei que ela estava delirando devido à febre – talvez imaginando que eu fosse George –, e tentei contornar a situação.

Samantha me segurou com toda a força e disse que era para nos entregarmos ao desejo que estava explícito. Eu tentei resistir de todas as formas, dizendo que ela estava somente delirando de febre, porém, ela escorregou suas mãos para dentro de minha calça de moletom e, então, eu não mais resisti ao meu desejo latente. Desfrutei de cada beijo que me deu atrás da orelha, enquanto me esticava para que ela levasse seus lábios até meu pescoço e ombros; seu toque sobre a minha pele sensível baixava todas as minhas defesas e eu me entregava cada vez mais ao momento. Nossos corpos, encaixados perfeitamente um ao outro, me davam cada vez mais certeza de que era a ela que eu poderia pertencer por toda a minha vida. Seus beijos e carícias nem de longe poderiam ser comparados com quaisquer outros que provei nas baladas, eu sentia meu corpo todo arrepiar.

A boca da Samantha ganhava terreno lambendo o caminho até um mamilo que começava a se eriçar. Amparada pela escuridão, ela fechava os olhos e sentia a cada toque uma energia crescente que aumentava seu desejo. Sua língua foi buscar meu clitóris e o lambeu com habilidade de cima pra baixo, de um lado para o outro, como se estivesse pintando um quadro da paixão mais arrebatadora.

Nós não queríamos que aquela noite terminasse, no entanto, estávamos exaustas e acabamos adormecendo abraçadas enquanto lá fora, a neve ainda teimava em cair, e a lareira na sala dissipava suas últimas chamas.

♡♡♡

Para mim, ter sentido o abraço apertado de Alex foi uma forma de me ver liberta de tudo que me sufocava. Sentia em sua pele que ela não havia abandonado sua fragrância inconfundível Tommy Hilfiger, a qual, em certa medida, havia me deixado inebriada.

Desgrudei meu corpo do seu para olhá-la com seus olhos brilhantes e, no silêncio mais sedutor, anunciar com gestos o que vinha em seguida: necessitava contemplá-la nua. Então rodeei o umbigo dela com a ponta da língua e beijei seu abdômen de pele suave, enquanto minha mão buscava sua vulva lubrificada e clitóris sensível. Me estirei na cama, me oferecendo para que seus dedos escorregassem com a essência de seu perfume sobre a minha pele até alcançar minha vulva. Eu e ela nos encaixamos perfeitamente em tudo que jamais pudéssemos ter imaginado que algum dia aconteceria, gostaria de ter parado o tempo nesta noite, torná-la infinita.

Eu me sentia uma espécie de heroína de todas as mulheres ao viver o prazer negado durante milhares de anos. Agora eu era uma espécie de deusa, sem medo nem inibições. Não sabia se nosso encontro era real, um sonho ou uma fantasia. Mas a Alex estava ali e não me pedia nada em troca. Por um momento, eu queria tudo que pudéssemos viver por dias e noites, eu estava disposta a me adaptar a qualquer vida que Alex quisesse ter comigo. De certa forma, a Alex, ao me desnudar, acabou me consertando e eu senti o maior de todos os prazeres que já tive na vida com suas mãos e pele macias envoltas em mim. Ela me fez chegar ao ápice muito mais rápido do que em todas as noites que estive ao lado de George. Eu não precisei utilizar gel lubrificante, algo que não abandonava com meu esposo. Naqueles lençóis amassados era onde mais gostaria de me refugiar todas as noites e ter para sempre suas marcas em meu corpo.

Existem muitas coisas nesse universo da Alex que eu ainda não aprendi, mas a única coisa que sei é que ele me assanhou de maneira veloz e eu queria diminuir cada vez mais a distância entre nós. Precisava ter aquelas mãos, aquele corpo e aquela boca somente para mim. No entanto, dizer para George que aquela noite de lua cheia não tinha mais nenhum significado, de certa forma, me fazia sentir um peso imensurável porque me lembrei de suas carícias em meu corpo.

♡♡♡

Os dias que se seguiram até a volta de Samantha para casa foram regados de muito vinho, fondues de queijo, diversão e fantasias entre elas. Devoraram pizzas e beberam cervejas, sem culpa pela dieta que adiavam. Tinham o romance como música de fundo. Mesmo voltando para seu casamento cheio de problemas sem soluções, ela podia se comunicar com Alex através de pensamentos, e esperava ansiosamente por mais momentos que pudessem ir além de suas ilusões em conversas por celular madrugada adentro. Alex sabia que não teria como encarar seu amigo George como antes, ainda assim, um constante sorriso de canto não sairia de seus lábios por um longo tempo. Apesar dos esforços para evitar, a imagem de Samantha totalmente entregue e vulnerável naquela noite fria aparecia a todo instante em sua mente, desviando-a do que devia fazer. Samantha se sentia plena e leve, mas suas sensações e sentimentos se confundiam.

Monstro do Passado

CABECINHA DE VENTO

Polyana era muito sonhadora. Durante bastante tempo, sonhou em encontrar um homem que realizasse todos os seus desejos de amor e sexo guardados a sete chaves. Sempre fora uma moça prendada, virgem e recatada por imposição da religião e da família. A menina deveria permanecer casta e fiel aos mais rígidos princípios familiares e religiosos. Ela era impedida de manifestar qualquer sensualidade, desde a escolha da cor do batom ao mais puro desejo de um selinho nos lábios, ou um leve rebolado de vez em quando. A família de Polyana não falava sobre sexo com ela; tudo era proibido, feio e pecado naquela tradicional família. Queriam que ela arrumasse um marido, pois já estava ficando para titia com vinte e dois anos, mas não lhe falaram do que provavelmente aconteceria com ela durante a lua de mel. Apesar de não saber e nem entender muito bem dessas coisas, a garota estudara na escola um pouco de anatomia. Ela sentia uma quentura que subia de suas coxas, próximo às genitálias de vez em quando. Era muito natural na idade em que se encontrava. Esse calor percorria todo o seu corpo e ruborizava sua face quando se aproximava de algum rapaz que a abordasse com certo galanteio. Quando esses arroubos juvenis aconteciam, a garota ia até a igreja rezar e confessar seus pecados. Passava dias e noites cumprindo sua penitência, rezando sem parar a fim de se redimir de sua insanidade.

Um belo dia, enquanto andava pela pracinha com uma antiga colega de infância, a quem ela confidenciava vários segredos e dividia alguns instantes arrebatadores e de conversas prazerosas, conheceu o seu príncipe encantado. Ele lhe lançou um olhar de inocência e, ao mesmo tempo, de lascívia. O rosto de Polyana ruborizou mais uma vez e ela não correspondeu àquele cumprimento, seguindo a passos largos com a amiga, um pouco envergonhada. Sem saber como esconder o que sentia ao relembrar aquele olhar e o porquê de se excitar, correu para dentro de casa em polvorosa. Estava pronta para o sexo. Eles se encontraram outras vezes no mesmo lugar, e decidiram dar uma chance para o amor. Namoraram por um período muito curto de tempo. Eles eram vigiados pelo irmão mais novo da garota, que contaria para os pais tudo o que acontecesse durante o período de encontro dos dois. Às vezes, o jovem Lucas conseguia, por pouco tempo, comprar o silêncio do irmão. Nesse momento, a moça se deixava envolver em luxúrias e se entregava àqueles abraços e beijos libidinosos. À noite, ela demorava a dormir por causa do seu estado de êxtase e, ao mesmo tempo, de assombros. Os sonhos que se tornavam pesadelos eram bastante perturbadores, o que levava a jovem ao confessionário e às intermináveis penitências. O casamento não demorou a acontecer. Numa igrejinha da cidade na qual as famílias moravam, no mês de setembro, à hora do Ângelus, a primavera foi a testemunha daquele sim que mudaria para sempre a vida dos dois jovens apaixonados.

Durante o casamento com seu grande amor, parecia que Polyana pisava em ovos de tão feliz que estava. Em momento algum chorou. Ela amava e desejava ardentemente aquele homem. Estava casando com Lucas para realizar seu sonho de amor e sexo contidos. A cerimônia de casamento foi muito emocionante e Polyana era a noiva mais feliz e radiante do mundo. Parecia uma Cinderela em seu vestido branco, pronta a ser arrebatada por seu príncipe, em seu cavalo branco, na porta da igreja. Assim que terminou a festa de casamento, Polyana e seu marido Lucas encaminharam-se para a lua de mel. Ela tinha o sonho de conhecer as Ilhas Gregas quando se casasse, mas isso não importava mais. O amor falara mais alto e ela iria com seu príncipe para qualquer lugar do planeta, mesmo que fosse a casa da sogra.

O casal foi em lua de mel para um chalé da família do noivo. Lá havia apenas o caseiro e sua senhora, que foram orientados a servir os recém-casados, sem causar-lhes qualquer tipo de constrangimento. Assim que chegaram ao destino, perceberam que tudo estava preparado para recebê-los. Havia uma mesa farta de café da tarde e uma canjinha bem quentinha para a hora do jantar. Perto da lareira, uma garrafa de champanha num balde de gelo e duas taças de cristal anunciavam o que estava prestes a acontecer naquela casa. Lucas pegou a sua esposa no colo e seguiram para o quarto, a fim de retirar a incômoda roupa do casamento. Polyana, apesar de desejar loucamente o marido, dirigiu-se ao toalete sem ter qualquer intimidade com ele. Com a porta do banheiro ainda entreaberta, ela observava os movimentos do marido enquanto ele se despia. Sentiu que o seu sangue fervia enquanto seu rosto ruborizava. Essa cena reacendeu-lhe a chama contida, mas um medo descomunal tomou conta de Polyana, e ela quis fugir. Fechou a porta do banheiro, abriu a torneira e as lágrimas se misturaram àquela água morna que descia pelo seu corpo. Não entendia o porquê de tanto sofrimento ao se deparar com a figura daquele homem nu. Sem se dar conta de que estava ali há bastante tempo, foi despertada pela voz doce do marido.

— Venha, minha querida Poly, prometo cuidar muito bem de você. Se for de sua vontade, a gente se aconchega nos braços um do outro e dorme tranquilamente. Não se preocupe, não vou fazer nada que você não queira. Acredite em mim, minha flor.

Ao ouvir essas palavras, Polyana vestiu a sua camisola de rendas brancas, saiu do banheiro e se enfiou debaixo dos lençóis sem olhá-lo nos olhos. O marido se aproximou delicadamente do seu corpo, enquanto os seus braços a envolveram carinhosamente. Percebeu que sua esposa era feita do mais puro cristal, o qual não podia ser quebrado, mas ele saberia esperá-la ficar pronta. O corpo de Polyana não parava de tremer, o que preocupou muito o marido.

Apesar de a lua de mel ser muito frustrante e a esposa continuar imaculada, o casal hospedou-se na casa dos pais do marido até que a casa deles ficasse pronta. Lucas voltou a trabalhar e a mulher assumiu todos os serviços domésticos, deixando sua sogra muito feliz. Tornara-se a gata borralheira. Sua sogra gostou muito da ideia. Com a nora em casa, teria tempo de viajar e cuidar dos seus negócios da família sem a menor preocupação. Ela ficara viúva e a ida da jovem para lá foi bem a calhar. À noite, Polyana ia para a faculdade de Pedagogia. Estava no último período.

Mesmo com as investidas do marido ao chegar do trabalho, Polyana continuava relutante e, sem saber o porquê de não conseguir se entregar ao amor e ao sexo que tanto desejava, desabava a chorar. Com o tempo, foi ficando depressiva e a enjoar muito quando Lucas se aproximava dela. Sem saber o que fazer para resolver a situação, num ato desesperador, pediu a separação, a qual foi terminantemente negada pelo seu grande amor. Ele sugeriu que a esposa fizesse uma terapia para entender o que estava acontecendo. Deixou claro que jamais desistiria dela. Se tivesse que ficar sem sexo a vida inteira, assim o faria, mas nunca mais admitiria que a ideia de separação passasse pela cabeça da esposa. Ele chegava do trabalho trazendo-lhe flores, enchia-lhe de carinhos nos cabelos e onde mais que ela permitisse, todavia não se falava mais em sexo naquele lugar. Lucas sabia esperar... Polyana, depois de muito pensar e por amar muito o seu marido, aceitou a ideia de se tratar com uma terapeuta que fazia regressão, sem que seu marido soubesse. Ela sentia que havia algo de errado com ela desde a sua infância. Era assombrada por alguns flashes de coisas do passado, mas não sabia precisar o que eram. Polyana descobriu, durante a terapia, que havia sido molestada quando criança pelo vizinho. Os cuidados dispensados pelo marido e o seu olhar, de alguma forma, faziam-na lembrar do molestador. A cena foi tão forte e estarrecedora que Polyana chorou compulsivamente. Não aguentando mais tamanha pressão de seus pensamentos, contou para Lucas o que lhe acontecera. Ele entendeu o seu sofrimento e compartilhou com a esposa esse momento de dor. Foram juntos à casa da mãe de Polyana para que algumas coisas sobre o passado da jovem fossem esclarecidas.

A mãe de Polyana foi obrigada a contar o que aconteceu mesmo não querendo se lembrar daquela cena. Os pais dela moravam em outro país, numa casa bem grande, e a mãe saía para trabalhar meio período em uma escola. A vizinha, que era muito amiga da família, tomava conta da menina no período da tarde. Lourdes colocou Polyana para dormir e, enquanto esfregava o chão do banheiro, caiu, quebrou a mão e foi encaminhada ao hospital, deixando a criança aos cuidados do irmão dela, de quase cinquenta anos. Do hospital, ligou para a mãe de Polyana, que correu imediatamente para a casa da vizinha. O que encontrou lá foi um quadro estarrecedor. Ela viu sua menina de apenas quatro anos seminua, no colo do vizinho. Ele esfregava suas pernas nas partes íntimas dela enquanto a menina chorava e tentava fugir. Ela fazia forças pra se levantar, mas ele a puxava para si. O olhar de desejo que lançava sobre a garota era monstruoso e cheio de malícia. Sérgio, ao se deparar com a mãe, deixou a menina cair e fugiu, pulando o muro da casa. Polyana foi levada ao hospital. Ela estava bem, mas a crueldade daquele ato já estava instaurada em sua cabeça. O vizinho foi preso e denunciado por vários outros crimes de pedofilia, vindo a se suicidar na cadeia devido à extensão da pena e à perseguição de outros presos, que não admitiam tal crime por considerá-lo hediondo. Constatou-se que Lourdes ficara tão surpresa quanto os pais da menina, por não conhecer esse lado negro do irmão. Ela entrou em estado de choque e foi internada com problemas neurológicos devido ao desespero e ao sentimento de culpa que a consumia. A família deu toda assistência à mulher e em momento algum duvidou da sua lealdade, ou a condenou. Só mudou do país para o bem de todos, principalmente de Pollyana, que precisava crescer saudável e feliz.

As inúmeras sessões de visualização, reflexão e perdão, acompanhadas de perto pela dedicação do marido Lucas, fizeram com que a doce Polyana perdesse o medo de se relacionar com os homens. Aos poucos, aqueles pensamentos assustadores foram substituídos por outros mais significativos e impregnados de emoções positivas. Ela, com o tempo, adquiriu o total controle de sua mente a ponto de perdoar o seu agressor e acreditar no amor mais puro do marido. Agora, já restaurada, pôde viver a mais linda história de amor e sexo com o seu marido, Lucas. Ele soube esperar.

Um incrível encontro

CANDACE ADIC

O verão havia chegado com tudo, minha estação preferida! Eu já poderia usar meus vestidinhos charmosos, aqueles que chamam a atenção por onde a gente passa.

Eu havia ido ao médico pedir requisições para os exames de rotina, já havia feito todos eles e só faltava pegar os resultados no laboratório para entregar para a avaliação do médico.

A minha bolsa estava em cima do sofá, tirei algumas coisas e deixei somente o necessário: minha carteira com documentos, meu cartão do banco e meu espelho. Afinal, só iria sair para retirar o exame na clínica.

O dia estava quente e o sol brilhava na minha pele dourada.

Coloquei uma sapatilha verde-clara, combinando com um vestidinho curto num tom clarinho de verde e azul, com uma estampa liberty. Sempre fui muito simples e autêntica. Nunca fui de exageros, de me vestir muito elaborada ou de excessos de maquiagem. Sempre acreditei no menos que é mais.

O trajeto era longo e já estava perto de fechar a clínica, precisei apressar o passo.

Antes de sair, ajeitei meus crespos desalinhados, passei um filtro solar e só. Eu estava linda.

Pelo caminho mais próximo ainda era longe, mas eu caminharia rápido.

Atravessei as ruas sem me preocupar muito com os automóveis, pois estava com pressa.

E quem não estaria?

Marcelo.

Era ele que estava sentado em sua cadeira de rodas com alguns amigos na esquina. Parecia recém-saído do banho, cabelos ainda molhados, perfume no ar.

Ao longe me avistou e me encarou. Seu olhar me desconcertou e eu cambaleei, quase caí.

Fui chegando mais perto e os amigos dele perceberam a nossa sintonia...

Então, tímida, me encolhi e atravessei a rua.

Marcelo não pôde ir atrás das minhas rápidas passadas porque era cadeirante, paraplégico.

Baixei a cabeça e não olhei para trás até chegar na clínica. Peguei a senha para atendimento e aguardei ser chamada.

Sentia o calor invadindo meu corpo. Um calor infernal. Algo diferente de tudo.

Nem escutei chamarem minha senha. Quando percebi que já havia sido chamada, fui correndo até o guichê.

Marcelo tomara conta da minha sanidade.

Coloquei aquele envelope com o resultado do exame enroscado na bolsa e voltei pela mesma rua. Lá estava Marcelo, que virou a cadeira em direção a mim; eu apressei meus passos, nervosa.

Marcelo era lindo, fazia o tipo metrossexual. Eu estava extasiada.

Não sabia se ele havia sofrido um acidente ou se havia nascido assim. Só sabia que Marcelo, daquele dia em diante, fazia parte das minhas insônias.

Forte como café, ele me tirava o sono.

Pensava nele como o homem perfeito, cheio de desejos por uma moça tímida.

Marcelo era paraplégico e eu sabia que provavelmente não teria mais ereção. Aí que eu perdia a razão e pensava com meu coração, com minha imaginação. Sentia Marcelo encostando seus lábios nos meus, sorvendo minha boca como uma bebida gostosa. Sentia sua mão na minha coxa e nos meus seios. Sua boca beijando minhas costas, massageando meus ombros... Certamente Marcelo capricharia. Faria cafuné. Beijaria meus pés. Em sua boca eu seria uma peça rara.

Eu queria muito Marcelo. Mas não tinha coragem de voltar lá de novo, não sabia ao certo o que teria ocorrido com seus sentimentos. Provavelmente Marcelo não acreditaria que eu tivesse apressado o passo por timidez. Talvez ele achasse que eu não me interessaria por ele.

Eu não havia transado com homem algum. E para Marcelo não faria diferença. Ele não teria ereção. E não sofreria com uma mulher insatisfeita, porque nunca antes alguém havia me penetrado.

Mas cá eu ficava pensando no que será que ele iria achar de mim. Ficava triste. Perdia o sono.

Não queria que ele pensasse que eu queria me aproveitar dele. Não. Eu nunca antes o tinha visto e também nunca antes tinha transado. Parecia alguma coisa do destino nós dois nos encontrarmos.

Se eu conhecesse algum daqueles amigos que estavam juntos com Marcelo naquele dia, eu conversaria e pediria uma opinião. Mas não... Não conhecia.

Então num dia, de tardezinha, criei coragem e voltei naquela rua onde havia visto Marcelo. Desta vez coloquei um vestidinho lilás e uma sapatilha nude. Ajeitei meus crespos e passei um leve perfume.

Já eram quase dezoito horas, mais ou menos o horário que eu havia passado por ali da outra vez.

Marcelo estava lá no mesmo lugar. Já havia chegado do escritório. Mas não tinha ninguém com ele. Aproximei-me devagar. Passei por ele, que olhou dentro dos meus olhos. Então perguntei se ele estava pensando na mesma coisa que eu estava pensando, e ele largou um sorriso, segurou minha mão e afirmou que sim.

Nem parecia que eu era a mesma moça tímida que havia passado por ali outro dia.

Engatou uma conversa sobre qual era meu nome e se podíamos nos conhecer melhor. Falei que sim. A essa altura, já estava me sentindo úmida.

Marcelo disse que morava ali e se eu não estivesse com pressa, poderia entrar. Então entrei e, quando sentei ao seu lado, ele inevitavelmente me beijou. Um beijo longo, saboroso. Marcelo me transportou para o infinito com aquela atitude. Mesmo na cadeira de rodas ele conseguia acariciar meu corpo enquanto me beijava. A cada toque dos seus dedos, eu estremecia. Marcelo era mesmo fantástico. Eu me sentia arrepiada por onde ele carinhosamente me beijava. Os minutos passavam e ele escorregava suas mãos nas minhas, por entre minhas coxas, por meus seios.

Numa flexão de braços, saiu da cadeira e veio para o sofá, ao meu lado.

Ali me agarrei no pescoço dele, percorri suas costas, braços e pernas. Fui beijando-o, retribuindo o seu carinho.

Marcelo tinha a mágica na boca, na língua e nos dedos. Marcelo era incrível, eu não tinha me enganado.

O corpo dele tinha um cheiro único, seu perfume natural o envolvia.

Ele era o tipo de homem com pouco pelos nos peitos e pernas cabeludas. As costas eram lisas e sua barriga, uma escultura.

A esta altura, Marcelo já havia me despido e eu o havia deixado nu.

Ele ia deslizando as mãos sobre mim, ignorando minhas gordurinhas e minha celulite. Sorvia com seus beijos cada parte do meu corpo, tomado por muito desejo.

Massageava meus seios, sorvia meus mamilos, me fazia delirar...

Estalava aqueles beijos e suspirava baixinho; dava uns gemidinhos. Olhava-me nos olhos, beijava a minha boca e voltava a enfeitiçar-me o corpo.

Foram momentos mágicos.

Então Marcelo encostou sua boca na minha genitália, carinhosamente a envolvendo. Tentou penetrar com a língua a sua abertura, e ela trancou. Marcelo me olhou assustado, e pergunta se era virgem. Disse que sim e ele, então, como quem deixara cair uma mochila dos ombros, aliviado, esforçou-se num longo beijo vulvar, com todo gosto, com todo amor e com toda volúpia...

Marcelo era somente meu.

Desci a mão sobre seu membro sexual, mesmo em repouso. Acariciei, beijei.

Marcelo gemia baixinho, acariciava meus cabelos com uma mão e com a outra dedilhava.

Cheguei ao clímax do momento e Marcelo, vendo-me daquele jeito, sentiu a mesma coisa; juntos, nossos gemidinhos ecoaram como uma música.

Assim começou o primeiro de nossos muitos encontros. A cada encontro queríamos mais.

Era tudo tão bom, tão perfeito. Tudo deslizava maravilhosamente. Marcelo adorava, e eu também.

Ele me tirava o fôlego, literalmente.

A cada momento tínhamos a certeza de que éramos feitos um para o outro.

Nossos corpos se entrelaçavam com uma energia única. Nossos beijos nos arrebatavam: perdíamos nossa sanidade.

Nada nos atrapalhava, aliás, o universo estava a favor o tempo inteiro. Uma coisa que o destino escrevera para nós.

Marcelo não tinha mesmo ereção. Eu havia pensado certo. Mas ele encontrou a mulher ideal na hora certa. Não que eu não quisesse, naquela altura da vida, transar. Eu pensava na possibilidade mas, quando conheci Marcelo, eu achei que ele me faria feliz do jeito dele, e que seríamos felizes de verdade. E fomos.

Os anos passaram e eu e Marcelo descobrimos "formas de amar".

Nossos beijos continuavam intermináveis como no início. Seu olhar ainda me desconcertava, e eu seguia amando o Marcelo.

E sabe de uma coisa? Marcelo e eu nos casamos, estamos felizes.

Continuamos descobrindo formas diferentes de nos acariciar. Marcelo sempre foi muito autoconfiante. Quando nossos olhares se cruzaram pela primeira vez, ele entendeu tudo que senti por ele. Ele nunca duvidou da certeza que eu tinha de querer estar com ele.

Nunca colocou em jogo nossa felicidade. Sempre tivemos orgasmos, nossos amigos acreditavam nisso, eles percebiam nossa sintonia.

Eu sempre fui fã da cantora Paula Fernandes e, como na letra da música "Eu sem você", a cada vez que estávamos entre os lençóis, sentia aquela boca quente do Marcelo revirando tudo, com aquele olhar que me matava...

Cada vez que namorávamos, sentia a boca dele passeando com uma volúpia, uma pressão e sensação incrível. Isso o deixava, ao mesmo tempo, incrivelmente excitado, num estado físico-psíquico estimulado, inflamado como um vulcão.

Marcelo era um homem realizado em todos os sentidos. Um homem que sabia dar e receber carinho.

Gostávamos de namorar nas noites de inverno, nas manhãs de verão.

Viajamos, conhecemos motéis diferentes, nos divertimos.

Procurava sempre comprar uma calcinha diferente. Marcelo gostava das mais delicadas, sem rendas. Preferia aquelas de malha mesmo, com desenhos de bolinhas ou coraçõezinhos. Adorava que eu ficasse de baby look e calcinha quando estávamos iniciando nossas carícias.

Somos um casal simples, falamos sobre tudo o que temos vontade e nos entendemos bem. Somos muito parecidos naquilo que queremos e buscamos.

Amo cada parte do corpo de Marcelo, suas mãos, seus pés... Tudo. Ele é um gato. Sempre foi, desde o primeiro vislumbre.

Nunca nos esquecemos da nossa primeira vez. Fui um pouco tímida, mas não rolou insegurança. Não sei por que, mas desde o primeiro segundo tive a certeza de que seria para sempre.

Eu e Marcelo sempre quisemos gritar para o mundo o quanto somos felizes. Contar sobre nossa sexualidade, inspirar pessoas.

Somos felizes de verdade e felicidade envolve sexualidade. Acreditamos em Deus, confiamos nos amigos. Vivemos coisas lindas juntos, e cremos que podemos inspirar solteiros e casais.

Torcemos para que a cada dia possamos aprender mais sobre essa cumplicidade que é o momento de trocar carícias. Pra nós, esse momento é um ritual. É algo sagrado no sentido de que valorizamos e prezamos pela qualidade desse momento.

Sabe aquela máxima de ser felizes para sempre: eu e Marcelo, com toda certeza.

Sobre areias escaldantes

F.B. ALMEIDA

Depois de ser perseguida por toda aquela ilha deserta, Angelina Guilera, com um pé torcido, foi arrastada facilmente pelos dois brutamontes até a praia. Fazia um sol escaldante e a areia queimava-lhe os pés. Eles perceberam sua dor ao pisar na areia quente e quiseram torturá-la. Prenderam-na à areia, os braços acima da cabeça e as pernas abertas, para usufruírem de seu corpo como bem desejassem. Aquele corpo moreno, formoso, sadio e rijo.

O piloto da lancha e seu motorista eram odiosos. Estavam sedentos por vingança. Ataram-na com cipós, prenderam-na com o peso de seus corpos. O que faria? Sabia que ia morrer! Seria violentada! Morreria ali sob o sol a pino, mas não cederia! Não se entregaria e não pediria piedade ou clemência. Resistiria!

Eles não queriam que ela se entregasse, ao contrário, queriam forçá-la. Seria seu fim, mas não sem gritar, lutar até a morte; era uma mulher forte, de fibra, de controle. Ao ver-se amarrada, com o rosto para o sol, de pernas abertas em V, apavorou-se. Eles riam, insultavam-na com palavras imundas e aterrorizantes. Seu pé doía muito, mas a dor que antevia sob seus olhos superava qualquer dor. Ainda conseguiu dizer uns desaforos para ambos antes que metessem em sua boca a própria calcinha, que foi cortada à faca, com violência.

O motorista abriu o zíper da calça jeans e se pôs entre suas pernas, com risadas monstruosas e descontroladas. O piloto da lancha rasgou o vestido, que ainda cobria seus seios, e começou a sugar e torcer seus mamilos enlouquecidamente. *"Meu Deus, me salve!"* O pavor fazia-a tremer, descontrolada. Quando sentiu que seria penetrada por aquele membro duro e asqueroso do motorista, ouviu um barulho surdo, enquanto todas aquelas mãos, bocas e pernas que abusavam dela sumiram, e Angelina perdeu os sentidos, sem ar.

Acordou um tempo depois. Estava livre. Estava deitada sim, mas em uma caverna; percebeu logo, à beira de um lago cristalino, que iluminava todo o lugar. Seu pé estava enfaixado e, em volta, havia diversas caixas de madeira com frutas, roupas, bolsas diferentes com ferramentas e instrumentos de pesca. Então a ilha não era deserta. Mas o que acontecera? Alguém a salvara. Mas quem? Com um pouco de esforço conseguiu levantar-se e aproximar-se de um bloco de rocha, onde havia um prato com uma saborosa refeição. Supondo que era para ela, sentiu água na boca. Refeição completa com refresco. Saciou a fome de dois dias de sequestro vorazmente, pegando pedaços de frango assado, batatas cozidas e temperadas com sal e azeite. Ao fim, deixou o prato e foi até a água. Não resistiu àquela água cristalina. Despiu-se da camisa de tecido fino que puseram nela e mergulhou no lago. Foi um banho relaxante, um verdadeiro bálsamo. Procurou retirar toda a imundície que sentia na pele, a sujeira daqueles criminosos... Urgh! Fácil livrar-se da areia, mas das lembranças não tinha ideia de como fazer para esquecer. Respirou fundo, ainda imaginando o que faria agora, sentindo a carícia fresca da água em sua pele. Saiu, vestiu a camisa de novo e deitou naquela coberta que forrava o chão.

Adormeceu de novo e descansou.

Ao acordar, viu-se diante de um homem enorme com uma espingarda na mão, olhando-a. Ele parecia ter cara de poucos amigos e, por instinto, ela já foi se encolhendo num canto, tentando se cobrir. Ele avisou que não lhe faria mal, pois fora ele mesmo que a salvara dos marginais que a detinham na areia. Avisou casualmente que amarrara ambos e os colocara em um bote à deriva no mar. Teriam sorte se ainda não tivessem virado comida de tubarões.

Ela continuou imóvel, com os olhos no olhar dele. Não conseguia desviar sua vista daqueles olhos indecifráveis.

— Parece que gostou de minha camisa.

— Não vi outra roupa por aqui.

— Não tem mesmo.

— Você mora aqui?

— Não, essa ilha é minha. Venho sempre conferir tudo. Moro em outra ilha próxima daqui.

— Quem é você?

— O dono da ilha e de tudo que nela há.

— O que significa isso? — Ela estremeceu.

— O que você está imaginando.

— Mas me salvou daqueles dois imundos... e fará o mesmo?

— Espero pagamento. De boa vontade.

— Mas isso não tem sentido! Isso é asqueroso!

Ele continuava de pé, com a arma na mão e ela encolhida, tentando se esconder na coberta e na enorme camisa que vestia. Procurava palavras que pudessem convencer o homem que a salvara para depois tê-la...

— Não se preocupe, moça. Não vai doer nada. Tenho certeza de que vai gostar e pedir mais.

— É um convencido!

— Sou mesmo. Agora, me dê licença, já vou indo.

— Vai me deixar sozinha aqui nessa ilha?

— Não se preocupe. Ninguém lhe fará mal, a não ser que pule dos penhascos. Eu volto com refeição e medicamentos.

Ela não disse mais nada. Melhor não despertar a teimosia dele com aquela ideia de pagamento em favores sexuais. Suspirou, resignada. Tentou parecer invisível àqueles olhos magnéticos e autoritários.

Ele se foi. Tinha um andar tranquilo e silencioso. Foi-se, naquela roupa de caçador, com um chapéu na cabeça que lhe cobria parte do rosto. Angelina ficou intrigada com aquela criatura. O que seria dela? Escapou de uma pra cair em outra. Precisava fazer alguma coisa. Precisava pensar em algum jeito de fugir. Não poderia aceitar aquela forma de pagamento por sua própria vida... ou poderia? Adormeceu à beira do lago.

No dia seguinte, acordou disposta e resolveu sair da caverna.

Alguns passos e estava na areia da praia. Se aparecesse um barco, um helicóptero... Mancava por causa do pé inchado. Olhava o horizonte, o céu. Fazia sol forte mesmo sendo cedo.

Sentou na areia, vestida somente com aquela camisa enorme. "*Veja só! A roupa dele é leve e perfumada.*" Um aroma cítrico, forte, amadeirado. De repente, lá estava ele sentado do lado dela, só de sunga preta, molhada, apertando sua cintura pélvica. "*Ai, que coisa*!" Que visão era aquela? Tentou permanecer impassível e indagou sem olhá-lo, como pedia sua curiosidade.

— Como chegou?

— Pelo outro lado da ilha. Estava conferindo uns ninhos. Como passou a noite?

— Bem. Dormi muito.

— Muito bom. Aqui está o medicamento. Engula em seco mesmo.

Ela obedeceu. *"Bruto assim?"* Quis levantar, mas ele a segurou pelo pé machucado; as lágrimas lhe vieram aos olhos. "*Que dor*!" Pela atitude dele, soube que chegara a hora do pagamento. Ela o olhava apavorada, mas ele começou a fazer movimentos leves em seu tornozelo e, aos poucos, a dor foi aliviando. Movimentos tão suaves que faziam o sangue circular mais rápido, oxigenando todas as partes do seu corpo. Queria dizer não, mas os movimentos daqueles dedos nos pés e depois nas pernas, tão delicados e ágeis, deixaram-na sem ação. Continuou sentada na areia e deixou-se ser massageada na panturrilha, nos joelhos, entre as coxas... *"Ah, que coisa boa."* De repente o toque nos ombros, ao longo da coluna, descendo até as nádegas e depois voltando ao seu pescoço. Nunca imaginara que uns dedos masculinos pudessem despertar tais sensações, descendo para os mamilos, umbigo abaixo e entrando nela sem perder a delicadeza, sem aviso. De repente ela soltou um sussurro pela surpresa da invasão. *"Oh!"* Estava louca de vontade de gritar, de gemer, mas se segurava e sentia a massagem interna e deliciosa. E seu corpo permitindo, querendo. De repente ele parou, levantou-se e saiu caminhando na praia. Ela, aturdida, não sabia o que fazer.

— O que está fazendo? Volte aqui!

— Não tenho certeza se quero cobrar esse pagamento — respondeu sem se voltar para ela.

Ela levantou mancando e correu até alcançá-lo, tocando-lhe no braço.

— Termine o que começou — declarou determinada, sem se preocupar com o que ele pensaria dela. Não conseguiria administrar toda aquela febre em que se encontrava, bem como aquela umidade em que ele a deixara, pulsante, suas entranhas ameaçando gritar e implorando por aquele toque e muito mais.

— Está disposta a pagar esse preço?

— De boa vontade. — Ela fervia por dentro.

Ele puxou-a para si e beijou-a brutalmente: a boca, o pescoço, os seios por dentro da camisa. Despiu-a de repente com agilidade, ajoelhou-se e puxou-a com carícias e beijos ardilosos e ardentes como a areia. Se os dedos faziam misérias, aquela boca, com aquela língua provocante e ágil, era deliciosamente torturante. Já lhe provocava as entranhas com lábios macios e quentes quando ela puxou-o pela cabeça dentre suas pernas, fazendo-o ficar de pé. Correu as mãos pela sunga dele e puxou para baixo, libertando um membro brilhante e viril, pronto para ação. *"Ah!"*

Angelina ordenou quase impaciente, voz e olhos em puro desejo e fogo.

— Entre agora! Antes que eu enlouqueça! — sussurrou.

Ele obedeceu, levando-os ao chão na ânsia de saciar seus desejos, acariciando-a e contorcendo-se dentro dela, como se a conhecesse de outras datas. Angelina foi ao delírio, pois percebia que ele também queimava de desejo. Ele se empurrava nela enquanto lhe sugava os seios com tanta paixão que arrancava-lhe sussurros e gemidos. Com suas unhas, ela lhe cravava a pele, liberando tanta paixão que deixava marcas.

Sobre seu corpo, deitados na areia quente, ele mordiscou cada pedacinho de da mulher: beijou seus pés, suas coxas, sugou seu sexo loucamente, lambeu seus grandes lábios, assim como os pequenos, acariciou seu clitóris sorrindo e, a cada movimento, Angelina delirou sem saber de si.

Mas a intenção dele era deixá-la sem chão, e foi subindo por seu ventre com aquela língua torturadora até os belos seios que o seduziam. Ele os beijava e os chupava. Adorava-os como dono. Ela tentava se controlar, mas a intensidade das sensações e o desejo a levava a altos níveis de agonia.

Aquele era um homem que tinha muito jeito com as mulheres. Enquanto beijava-lhe os seios, uma das mãos puxava-a pelos cabelos, alternava beijos em sua boca sedenta e seus seios. Angelina, aos gritos, implorava que ele a tivesse por completo. Num rompante de virilidade, colocou-a de quatro na areia escaldante e, como um leão toma sua fêmea, a colocou à sua mercê.

Pôs-se de joelhos e, com seu membro em punho, ficou imóvel admirando o núcleo dela. Ela sentia-se muito exposta e poderosa ao mesmo tempo. *"Está me olhando?"* Ela já ansiava pelo *gran finale* quando ele a preencheu consigo mesmo.

Ela sentiu toda aquela virilidade penetrá-la milímetro a milímetro e, a cada movimento, uma nova onda de energia percorria seu corpo, fazendo-a gozar em tremores impossíveis de controlar. E nem queria isso, desejava prolongá-los.

Ele alternou movimentos firmes e lentos. Ela sentia o membro dele tocar cada parte de sua sexualidade. Estava mapeando-a em movimentos que arrancavam de Angelina gritos sufocados.

Ela sentia-se uma mulher de verdade. Ela não conseguia ver mais nada à sua volta. Ele sabia conduzi-la por lugares que ela só ouvira falar, dimensões e sensações novas. Seu corpo já fraquejava, parecia sucumbir a toda aquela poderosa energia; ele não parava, não cessava seu ataque, insistia cada vez mais fundo e mais forte.

— Estou perdida! — gemeu Angelina.

— Não! Tenho você, enfim.

Ela gemia ao tentar controlar aquela explosão, de tanta energia em seu âmago; ele a tocava e a revirava, estava desmontando-a. Que coisa era aquilo tudo? *Um desconhecido*! Aquilo era sexo bom com um verdadeiro homem.

— Angelina! — ele chamou seu nome de repente. — Santo Deus! Angelina!

Ela só conseguiu gemer e então, ele, como um leão voraz, ainda por trás dela penetrando-a, aumentou a força de seu membro másculo em seu interior e a velocidade do mesmo até chegar à liberdade: uma explosão que correu seu corpo inteiro, revirando cada célula sua. Ela não resistiu e desmoronou. Ele sorriu, com ar feliz, ela entregou-se à exaustão e não se moveu. Por minutos sem fim, caiu em um sono leve, saciada.

Ralf Peterson observou-a dormir. Deitara-a nos lençóis que trouxera. Um sorriso nos lábios. Angelina o sentia por perto. Ainda de olhos fechados, tentava entender o que foi o turbilhão que vivera. Não parecia um estranho. Ele a tomara como se a conhecesse e tivesse esperado muito. Não tinha como ser tão pessoal e íntimo como fora. O corpo dela parecia esperar por ele. Abriu os olhos e cobriu-se.

— Você disse meu nome.

— Sussurro seu nome há meses.

— Estava me seguindo?

— Amando e protegendo. Sou Ralf.

A entrevista

PATY BANDIERA

Noel mal podia acreditar que finalmente a sorte estava a seu favor.

Havia conseguido uma entrevista para assistente da poderosa Carmem Ferrara, diretora da conceituada revista de modas Dangerous. Ele estava exultante, até que enfim as coisas estavam dando certo.

Desde que terminara a faculdade, com muito sacrifício — trabalhava à noite em bares, muitas vezes indo para as aulas sem dormir —, ainda não tinha conseguido muitas oportunidades. Tudo mudou depois de um encontro casual com seu antigo amigo de escola, David, que lhe abrira os olhos, mostrando que na cidade onde ele morava não havia futuro para o ramo que escolheram, e não havia como realizar seus sonhos. David lhe fez uma oferta de dividirem o aluguel em Nova York, pois seu colega de quarto tinha se casado e partido. Noel não pensou duas vezes e aceitou.

Foi David quem lhe arranjou a entrevista; sendo um fotógrafo renomado, ele possuía muitos contatos e era um dos caras mais sociáveis e bacanas que Noel conhecia.

Nada mais justo que convidá-lo para uma noite de comemoração, ele e seu noivo Arthur, claro, os dois formavam um casal bem equilibrado: David, muito agitado, e Arthur possuía uma calma, um jeito bem tranquilo. Um completava o outro.

O convite foi aceito de pronto e Arthur os conduziu para uma boate chamada Sins, que era a sensação do momento, era uma mistura de danceteria, restaurante, clube de fetiches, sexo... jogos... Eles curtiam esse tipo de prazer e ali podiam realizar suas fantasias sem serem julgados.

Chegaram e primeiro se dirigiram ao bar, cada um com sua beleza. Eram tão diferentes um do outro, mas chamavam a atenção por onde passavam. David, alto, impressionantemente forte e com dreads estilo Lenny Kravitz, era um colírio para os olhos. Arthur possuía uma beleza mais clássica, com um sorriso que poderia descongelar um iceberg. E finalmente Noel, ele sempre foi atraente, olhos verdes, cabelo negros, um pouco longos e um rosto esculpido com primor.

Eles estavam no bar já há algum tempo, conversando descontraidamente quando decidiram ir até as cabines. Estava na hora de se divertirem.

O ambiente nas cabines era puro luxo. Suítes com o que havia de mais moderno para o prazer e conforto. Funcionava assim: você podia escolher uma cabine individual, somente para brincadeiras com seu grupo ou parceiro, nesse caso era colocado um aviso na porta dando total privacidade, ou se você gostasse de experiências novas, conhecer pessoas e desfrutar de outros prazeres, como voyeurismo, troca de casais, entre outros, era só escolher uma das portas com o aviso em neon ENTRE E DESFRUTE; as portas ficavam abertas neste caso.

Enquanto seus amigos iam se divertir com um casal que haviam conhecido, Noel resolveu perambular e aguardar um pouco mais, o ambiente ali era muito excitante, gemidos, algemas, sussurros, sadomasoquismo, voyeurismo, ele amava tudo isso. Ainda não havia encontrado a parceira ideal, mas também não estava com pressa, tinha namorado durante a faculdade e, no final, havia sido trocado. Até entendia sua então namorada, Linda, ele não tinha tempo e tinha se descuidado da relação, mas no fim houve muito sofrimento e, no momento, não estava disposto a arriscar tão cedo de novo.

Parou em uma porta que estava aberta e entrou, o ambiente era aconchegante, mas de imediato não viu ninguém. Roupas pelo chão, uma calcinha metalizada pendurada no abajur, uma sandália de salto altíssimo vermelha com pequenas correntes entrelaçadas e, de repente, se assustou com um barulho na banheira; qual não foi sua surpresa ao se deparar com o par de olhos mais instigantes e divertidos que já tinha visto, um meio sorriso debochado, a pele morena dela brilhava pelo calor e óleo de massagem, subia um aroma delicioso — baunilha e figos, algo assim —, os cabelos estavam presos em um coque frouxo, deixando o pescoço à mostra.

Ele devia estar com uma cara bem engraçada, porque ela soltou uma gargalhada e só depois ele percebeu que estava sem respirar. Pela primeira vez estava desconcertado diante de uma mulher. E que mulher...

Ele começou a balbuciar, ela o silenciou com um olhar e o convidou para junto dela, no que ele prontamente atendeu:

retirou as roupas e entrou com ela. Eles se olharam por um tempo muito longo e, num entendimento mútuo, se beijaram; no começo foi lento e doce, mas depois o beijo se aprofundou, ele foi deslizando as mãos pelo corpo molhado e escorregadio dela, sentindo-a corresponder. Ambos queriam sexo sem complicações, só satisfação física, isto estava implícito.

Ela permitiu que ele a tirasse da banheira. Carregando-a nos braços, colocou-a na cama macia e foi passeando com sua boca e sua língua ávidas; primeiro se maravilhou com aqueles lindos seios, eram pequenos, mas empinados e salientes de prazer, foi descendo e sugou sua essência, seu gozo, que era doce e quente ao mesmo tempo. Sentiu quando ela não aguentou mais e explodiu na sua boca, lhe dando seu orgasmo... Ele abriu suas pernas e a penetrou com vigor, seu sexo estava molhado e o prazer foi chocante. A penetração foi tão intensa que ela precisou morder os lábios para não gritar; encaixados um no outro, ele apalpou a bunda dela e perguntou:

— Gosta assim?

— Sim... muito...

Ele voltou a penetrar... e outra vez, aquilo era fantástico. Desejava e se deliciava com ela.

De repente o jogo mudou, ela virou-se e ordenou:

— Sente-se!

Pego de surpresa, excitado, fez o que ela pedia. Logo em seguida ela sentou-se sobre o pênis dele, até que estivesse todo em seu interior. Sem deixá-lo falar, colocou um dos seus seios na boca, e ele deu uma mordida na hora.

— Assim...

Os movimentos ficaram mais intensos. Os dois estavam cada vez mais excitados, o quadril dela dançava pra frente e pra trás, num ritmo frenético. Gemiam cada vez mais alto. Um prazer devastador invadiu o corpo dos dois. Explodiram juntos num orgasmo.

Quando tudo acabou, ficaram uns instantes nos braços um do outro. Aquilo era prazer em estado puro.

Eles ficaram se encarando, até que ele tentou falar e ela pediu:

— Sem nomes, endereços, complicações... foi mágico e só. Ela se levantou, com seu corpo escultural, e se dirigiu ao banheiro. Quando voltou após alguns momentos, estava recomposta e saiu agradecendo pela noite com um beijo; ele quis pedir que ficasse. Nunca antes, em encontros casuais assim, tinha sentido vontade de conversar, mas ela era diferente. Mas não quis se impor e deixou que partisse.

Tomou um banho e foi para o bar. Não conseguiu localizá-la mais, seus amigos ainda estavam se divertindo, então decidiu ir embora. Tentaria dormir para sua grande entrevista.

De manhã, ainda não tinha conseguido tirá-la da cabeça; a noite mais quente que já tivera. David queria saber por que ele tinha vindo embora cedo, algo que ele desconversou, não queria falar sobre ela ainda e como tinha sido idiota de não insistir em saber pelo menos o nome dela. Perguntou como era a tão temível diretora da Dangerous, ao que David respondeu que não a conhecia pessoalmente, mas era jovem e tinha lutado muito para conseguir chegar onde estava, uma mulher de fibra.

Com essa imagem, partiu para sua entrevista. Chegando lá, um prédio de alto luxo, que pertencia inteiramente à revista. Foi conduzido à sala de reuniões e aguardou calmamente, confiava no seu trabalho, sabia que era muito eficiente.

A sala era ampla e iluminada, com uma vista impressionante. Ele estava admirando a vista quando colocaram a mão na maçaneta, era uma porta de vidro escuro em cima, não dava para ver o rosto, só os pés... Sandálias vermelhas... salto altíssimo... correntes... Será que estavam na moda essas sandálias? Elas trouxeram recordações excitantes e seu pênis reagiu à altura. Não era possível, que situação!

Foi quando ela entrou, em toda sua glória, a própria reencarnação da deusa do amor, a morena misteriosa da noite anterior; era muita sorte, ou muito azar. Qual a probabilidade em uma cidade daquele tamanho? Estava para descobrir.

Ela estava com um conjunto de saia e blazer pretos, blusa de seda vermelha e as maravilhosas sandálias, o cabelo estava solto, em cachos brilhantes emoldurando o rosto delicado.

Quando ela o viu, continuou impassível, ele não saberia dizer se ela estava fingindo ou se realmente não o tinha reconhecido.

Então ela começou a ler seu currículo, elogiou sua iniciativa, aprovou suas escolhas, falou tudo calmamente e perguntou:

— Por que devo contratá-lo?

Daí ele não aguentou mais, se declarou:

— Porque eu sou qualificado o suficiente, e se você não lembra da noite anterior, que por sinal foi a melhor que já tive, realmente não deve me contratar.

Foi como se eu tivesse tirado um peso das costas dela, ela suspirou aliviada e, entre lágrimas, falou:

— Foi a minha melhor noite também, sinto que me apaixonei por você, eu estava sozinha porque meu noivado foi rompido e eu não sabia o que fazer. Eu e meu noivo costumávamos frequentar aquele clube, mas semana passada ele terminou tudo e disse que se apaixonou por outra pessoa. Fui lá ontem numa tentativa ridícula de reviver o que eu tinha com ele, mas você me fez esquecê-lo por completo, me fez a mulher mais feliz do mundo. Só que quando terminou não sabia o que fazer, como me comportar... nunca tinha agido daquela maneira antes, então fugi.

Ao que ela terminou de falar, peguei-a nos braços e a beijei com todo amor que estava sentindo.

— Me apaixonei por você no minuto em que a vi, queria te encontrar, não me perdoava por ter deixado você ir. Estava disposto a revirar essa cidade pra te encontrar, mas o destino nos uniu novamente. Estava escrito que íamos viver uma história de amor, só que dessa vez com final feliz.

Eles se beijaram longamente, acendendo o fogo insaciável que os consumia. Foi neste instante que bateram na porta e os dois se separaram rápido, tinham esquecido de onde estavam, começaram a gargalhar. Carmem pediu que a secretária entrasse, pediu que cancelasse todos os seus compromissos naquele dia. Foram almoçar para se conhecerem melhor, passearam pelo Central Park, riram, brincaram como duas crianças, descobriram que tinham muitas coisas em comum.

Ao anoitecer, ela o levou para conhecer seu apartamento, onde tiveram outra noite quente de amor, dessa vez com calma, descobrindo o prazer de cada um; eles se levaram à loucura, testando novas posições e combinações. Adormeceram nos braços um do outro.

De manhã, foram juntos para o apartamento de Noel; ela conheceu David, se deram bem logo de cara, depois foram juntos para o escritório.

Tanto Carmem quanto Noel tiveram seus finais felizes juntos. Às vezes, quando menos se espera, encontramos ou reencontramos o amor... e outros prazeres mais...

O beijo

MIRELLE CRISTINA DA SILVA

Queria lhe dar um delicioso beijo. Era tudo que desejava, beijar-lhe a boca perfeita, mas não se atrevia. Ainda assim, Clara estava imensamente feliz naquela noite de clima ameno, pois havia acabado de ouvir um melodioso e adorável *sim* de Sofia, a belíssima moça de touca e maiô azul de natação. Entre olhares, sorrisos e conversas que duraram exatos noventa dias, recebeu um *sim* daquela mulher estonteante, de olhos expressivos e simpatia inigualável.

Clara, a bela perfumista recém-chegada aos trinta anos, ouviu o tão esperado *sim* durante aquela linda e animada festa havaiana repleta de amigos e desconhecidos, uma gente bonita e sensual, mas o beijo ficou para mais tarde, para não perturbar a ordem local, a tranquilidade alheia. Sim, aquele beijo seria altamente perturbador. Não podendo beijar-lhe a boca, beijou-lhe as bochechas como quem beija uma amiga querida. O acordo estava firmado entre a perfumista e a nadadora: os abraços e os beijos ficariam para o fim da festa, para o apagar das luzes.

Quando todos se fossem e a cidade caísse no sono, dariam voz aos sentimentos e desejos mais profundos.

As luzes daquela festa leve e colorida não se apagariam tão cedo. Entre coquetéis, danças e risos, homens e mulheres interessantes se beijavam freneticamente e trocavam carícias por todos os lados, enquanto aquelas meninas se olhavam apaixonadíssimas, sempre a dissimular com maestria. Quem poderia dizer que Clara e Sofia se gostavam de tal forma? Era inimaginável.

Sofia, a linda jovem de trinta e sete, de ar misterioso e corpo invejável, vivenciava sentimentos contraditórios enquanto se encantava com a incrível decoração do lugar, uma mistura harmônica de flores, palha, folhas e frutas tropicais. Se por um lado queria falar de si, de peito aberto, por outro, o segredo era-lhe muito sedutor, excitante. Enquanto bebia um ponche havaiano, acreditava que Clara sentisse o mesmo: muita paixão, muito medo, ansiedade e alegria. Estava certa.

Diante da piscina imponente, rodeada de gente alegre e festeira, Clara só conseguia pensar em sua exímia nadadora de sobrancelhas grossas bem desenhadas e tão naturais, olhos negros e pele clara, braços bonitos, pernas maravilhosas, cabelos escondidos sob a touca de natação e maiô azul-marinho (estava vestida assim quando a conheceu). Mais tarde descobriu-lhe os cabelos pretos ondulados acima dos ombros, escandalosamente lindos. Pensava naquela mulher e em si mesma, no quanto era medrosa. Sim, o pavor lhe abraçava cada vez que Sofia se aproximava em público, cada vez que se falavam. As pessoas não deveriam saber. Nunca.

Não conseguindo abrir a boca para falar de suas vontades aos amigos, Clara desejava tão somente reencontrar Sofia no meio do burburinho e ir embora com ela para algum lugar secreto em que pudesse falar e agir com sinceridade, beijá-la e abraçá-la sem sobressaltos. Aquelas meninas já não conseguiam esperar pelo final da festa para trocarem sorrisos explícitos de amor, para andarem de mãos dadas, mas faltava o parabéns da aniversariante. Faltava o apagar das velinhas.

Bruno resolveu deitar-se e dormir a tarde inteira, entregar-se à preguiça. E assim o fez, repousou seu corpo moreno, bronzeado e nu nos bons lençóis de seu quarto bonito. Pretendia levantar-se lá pelas cinco, tomar um banho, vestir uma roupa qualquer e sair pela noite, mas seus planos não se concretizaram. Tomado pelo sono, acordou somente na madrugada. Virou-se na cama, mudando a posição em que dormiu boa parte do tempo (de bruços), virou-se outra vez e acomodou-se de lado, exibindo ainda mais seu corpo belo e profundamente sedutor. Aquele moço beirando os quarenta era dono de belas costas, pernas e nádegas lindamente esculpidas pela natureza. Ele abriu os olhos castanho-amendoados, bocejou, espreguiçou-se e passou a ouvir uma música animada que vinha de outro cômodo de sua casa. Imediatamente lembrou-se do aniversário de Bianca, sua irmã mais nova, ali numa dependência próxima. Não animou-se para ir até lá, afinal não se davam tão bem assim. Preferia ficar por ali, tranquilo, até adormecer novamente. Felizmente, para sua sorte, a música nem estava tão alta.

Aquele homem, que costumava dormir sem roupas nas noites de verão, estava decidido a ficar quietinho, a esperar o sono voltar. Arrumou o travesseiro, ajeitou-se na cama, fechou os olhos, mas certas vozes não permitiam que adormecesse. Duas vozes que falavam baixinho, bem baixinho, chegaram-lhe aos ouvidos. Bruno estava bem acordado, começou a ouvir aquelas vozes femininas que lhe pareciam doces e sexys ao mesmo tempo. Então passou a ouvir atentamente a conversa e rapidamente entendeu o que se passava perto de sua janela, mais precisamente no jardim de inverno. Compreendendo que se tratava de uma conversa apaixonada e secreta, levantou-se com um sorriso malicioso no rosto e dirigiu-se até a janela para espiar, espreitar as desconhecidas que namoravam às escondidas no jardim de inverno.

Curioso, aquele paulistano queria saber como eram as donas daquelas vozes poderosas, femininas e sensuais. Posicionou-se diante da janela que dava discretamente para o jardim e começou a observar o que havia do lado de fora por uma pequena fresta. Lá estavam Sofia e Clara, juntinhas, apesar da insegurança daqueles que cometem delitos. Abraçavam-se com força, se acariciavam e falavam coisas bonitas uma para a outra, sussurrando. Agiam de forma contraditória, se atraíam e se repeliam quase que ao mesmo tempo. Aquele abraço não era exatamente uma obscenidade (a depender do ponto de vista), elas entregavam-se uma à outra devagar, suavemente.

Bruno havia colocado os olhos naquelas duas apaixonadas, quieto, mudo, impressionado com a beleza de cada uma. Não sabia dizer quem era a mais bonita. Ficou na dúvida. Clara era morena, baixa, tinha cabelos cacheados incríveis e seios belíssimos. Um rosto angelical e um lindo sorriso de dentes um pouquinho tortos. Sim, até seus dentes tortinhos eram bonitos. De onde estava, Bruno não conseguiria ver os dentes da Clarinha, impressionou-se mesmo com sua cintura. Estava diante de duas deusas no ápice da paixão. Elas estavam vestidas em roupas que lembravam trajes havaianos, tecidos coloridos, colares e flores nos cabelos. Estava extasiado com a presença delas, tenso, afinal invadia a privacidade alheia e não costumava fazer isso. A ética o dizia para sair da janela e deixar a excitação de lado, mas elas se abraçavam deliciosamente.

E o beijo? O beijo aproximava-se cada vez mais, era bonito de ver, Bruno estava encantado, tão hipnotizado que não poderia sair dali sem contemplar o fim do espetáculo. Ele assistia o desenrolar daquela cena com entusiasmo e receio. Não queria ser percebido por nenhuma delas. Certamente não ficariam felizes com a inesperada presença de um cara nu, de olhar malicioso, a espreitá-las. Aquele homem tão bonito era bastante sério e geralmente não cometia atos impensados, imprudentes. Obviamente não queria ser chamado de obsceno. Mas não conseguiria dormir se não visse aquele beijo longo e quente.

Sofia e Clara beijaram-se naquele jardim de inverno, lindo e silencioso, um pouco distante das amigas que beijavam seus homens. Elas se beijaram para contentamento e deleite daquele moço. Quando seus lábios se separaram, sorriram uma para a outra e resolveram sair. Clara saiu primeiro, Sofia logo atrás. Meio atordoado com o que havia visto, resolveu olhá-las de perto, pegou a primeira bermuda que viu pela frente, vestiu e correu descalço atrás delas. Em vão.

Bruno, em toda a sua graça, buscou as meninas entre outras, mas não as encontrou. Elas haviam acabado de embarcar em um carro em direção da capital paulista.

Sorria, você está sendo filmado

ADRIANA ALVARENGA

O café esfriava em cima da mesa.

Mariana corria muito naquela manhã. Em meio a tantas tarefas, o celular apitava sem parar.

— Vamos filho! Estamos em cima da hora...

Pegou o telefone e saiu a caminho da academia, enquanto Gabriel seguia para a escola.

Deu uma olhada rápida, percebendo que um número estranho mandava um "bom-dia" no aplicativo de mensagens.

— Ah, depois eu vejo isso...

Desligando a internet, seguiu seu treino com tranquilidade, algo que nunca fazia parte da vida de Mari.

Ao chegar em casa, o telefone desconhecido chamava novamente. Essa insistência a intrigava.

"A gente se conhece? Não me lembro do seu número."

"Estava aqui na minha agenda."

"Não se lembra de onde?"

"Não..."

A conversa era um tanto estranha. Como assim não lembrava? Se tinha o contato em seu telefone, de alguma maneira chegara até lá.

"Qual o seu nome?" Perguntou, na tentativa de investigar.

"Ricardo."

"Prazer, sou Mariana."

A partir desse momento, passou a dar atenção a ele, tentando de tudo para descobrir de onde o conhecia.

"Você trabalha no quê?"

"Sou dentista. Se precisar cuidar do sorriso é só marcar uma consulta!"

"Interessante..."

A conversa atiçava cada vez mais sua curiosidade.

"Mande uma foto sua... Quem sabe me lembre de onde te conheço."

"Sim, claro!"

Ao mandar a foto, ela mal acreditou no que via. Não conhecia o rapaz, mas ficou tentada, era bonito demais...

Mensagem para Débora...

"Miga, socorro... olha isso!" Dizia a mensagem ao encaminhar a foto.

"Quem é esse gato?"

"Também não sei ainda, mas vou descobrir."

"Será que é fake? Parece perfeito demais."

Ela tentava de todas as maneiras disfarçar a surpresa ao descobrir o gato que estava do outro lado da tela, tentando ser natural, mesmo que isso fosse quase impossível.

A conversa seguia bem. Educada e discreta, sem mostrar as reais intenções. Enquanto isso, ela já procurava no Messenger o número de telefone que, imediatamente, seria vinculado ao Facebook dele.

Ao abrir, a constatação: sim, ele era de verdade!

Tão lindo como na singela foto que havia mandado a ela.

A rede social revelava uma família feliz e um homem realizado profissionalmente. Tudo no seu devido lugar.

No perfil, o rapaz em nada se parecia com aquele que conversava assuntos picantes, falando de suas fantasias mais perversas sem pudor algum.

"Venha fazer uma avaliação..."

"Se eu for, tem certeza que vai conseguir olhar para os meus dentes?"

"Vou tentar... rsrs."

Nessa altura já estavam trocando nudes, fotos obscenas, falando besteiras, e claro, programando a tal consulta para que pudessem se conhecer melhor.

"Venha com uma roupa bem sensual e provocante, decote enorme..."

"Seu tarado! Rsrsrs"

"Fingimos que é só uma consulta, aí vai esquentando durante...", continuava ele, fazendo de tudo para atiçar a moça, já completamente envolvida por todo aquele clima.

Ricardo era casado há pouco tempo. Trabalhava muito e tinha filhos pequenos, o que o impedia de ter uma boa vida sexual com a esposa. Estava numa seca de dar dó.

"Há quanto tempo não faz sexo?"

"Um mês e meio..."

"Meu Deus!"

Como dizer uma coisa dessas para uma mulher tão fogosa quanto Mariana. Ele não tinha noção do perigo que havia assumido ao conhecer essa mulher que já teria sido considerada "ninfomaníaca" pelas amigas em suas conversas mais íntimas.

"Credo, amiga... Não fala assim não, isso parece mais nome de doença... sei lá... rsrs."

"Que nada... Não tem nada de mais gostar de sexo.

Para o dentista, a informação não era nada ruim, ela poderia ajudá-lo e muito.

"Fiquei com dó de você... acho que vou te ajudar nisso."

"Hum... podemos marcar semana que vem, o que acha?"

"Pode marcar minha consulta para segunda-feira então, na parte da tarde."

Uma agonia tomou conta dela naquele final de semana. As horas não passavam de jeito nenhum, apenas se arrastavam dentro do relógio. Cada minuto durava uma eternidade para a moça ansiosa, que imaginava tudo ao observar as fotos dele na tela de seu celular.

Segunda-feira, às 9 da manhã...

"Bom dia. Passando para confirmar seu horário hoje."

Era visível a ansiedade dele também para conhecê-la pessoalmente. Agora tudo iria muito além das palavras e fotos que trocaram nas mensagens.

A mulher experiente se transformava numa adolescente afoita, cheia de medos e inseguranças. Em nada se parecia com aquela segura e bem resolvida que falava com o rapaz oito anos mais novo que ela.

"Sim, estarei aí na hora marcada!"

Então, às 14:30 hrs em ponto, ela subiu as escadas em direção ao consultório, com as pernas bambas e respiração ofegante. Estava nervosa.

Era uma mistura de tesão e medo, o que não deixava de ser delicioso também.

Apenas o conhecia por foto, não sabia ao certo o que iria encontrar.

"Será que ele é alto?"

"Será que é tudo aquilo que as fotos do Facebook mostraram?"

"O que vai achar de mim?"

"Tomara que eu corresponda às suas expectativas."

Tocou a campainha. Respirou fundo, até que ele apareceu na porta.

— Oi, tudo bem? Entre.

Era mesmo bonito, assim como nas fotos. Pele clara, olhos verdes, um sorriso lindo e um corpo legal.

Ao vivo aparentava ser um moço simples, simpático, que a tratou de forma natural, tentando deixá-la bem à vontade. Enquanto ela, apreensiva, tentava disfarçar a ansiedade, sem conseguir. Ele percebia, era nítido demais.

— Quer uma água? Quer que eu ligue o ar? Tá calor hoje, né!

— Não, obrigada... estou um pouco tensa, não vou mentir para você.

Era uma situação meio inusitada mesmo. Quem imaginaria que tudo aquilo que conversaram por dias iria se realizar bem ali, no consultório dentário? Era louco demais, mas também muito excitante.

Sentou-se na cadeira.

Ele iniciou a avalição, tentando ser profissional.

Mariana tentava explicar a ele o histórico de seus dentes, mas as palavras se enrolavam em sua boca. Não conseguia se concentrar; por outro lado ele a encarava, provavelmente sem prestar atenção em absolutamente nada relativo ao sorriso dela.

— Tão difícil falar dos meus dentes depois de tudo que nós conversamos... — confessava ela, meio sem graça.

Vestindo um short curto, ao sentar na cadeira subia ainda mais, deixando as pernas grossas à mostra.

Ela tentava se ajeitar, parecia inquieta. Segurando o braço da cadeira, encostou sem querer na mão dele, então, meio sem jeito, disfarçava e afastava, mesmo querendo tocá-lo. Ela sabia que, dali a alguns instantes, estaria pegando em outras partes de seu corpo.

— Vamos ali na recepção — disse, segurando as mãos dela.

Mari se levantou e, já mais calma, foi com ele.

Sem ter tempo para pensar no que ia dizer a partir dali, ele a agarrou por trás, afastando os longos cabelos negros e beijando o pescoço.

A língua dele percorria a nuca subindo até a orelha, provocando gemidos nela.

O doutor começou a se despir rapidamente. Mariana, copiando o parceiro, fez o mesmo, ficando apenas de calcinha e sandália de salto. Ele pegou a lingerie e puxou para cima, fazendo com que se transformasse num fio dental.

— Que delícia de bunda! — disse ele, dando um leve tapa.

Essa mulher sonhou demais em como seria transar com o dentista, imaginando mil coisas. Queria tocar seu corpo, beijar aquela boca carnuda. Mas a falta de sexo fazia com que o homem pulasse algumas etapas, querendo logo realizar o ato.

Virou-se. Beijaram-se de maneira breve, ele parecia fugir disso.

"Por que será que não quer beijar?" Pensou ela.

"De duas uma... Ou tem medo de se envolver, ou estou com mau hálito."

A verdade é que algumas pessoas relacionam o beijo com sentimentos, talvez esse fosse o motivo, mas ela não pensou em nada, só queria curtir cada segundo daquele momento gostoso, que poderia ser o único com ele.

Passou a mão em seu corpo, sentindo aquela pele macia enquanto acariciava as costas e o peitoral.

— Você é gostoso demais, melhor do que eu imaginava...

— Olha como estou... — disse ele, trazendo as mãos dela em direção ao seu membro já duro.

— Que pau delicioso você tem... é enorme!

Era mesmo, assim como nas fotos que ele havia mandado, ela podia constatar isso ao vivo: as imagens eram mesmo reais.

— Vem cá. Senta nele.

Em uma das cadeiras da sala de espera, rebolava em cima dele, o levando à loucura.

— Peraí... quero mudar de posição — disse ela, a fim de realizar o maior desejo dele, mencionado nas conversas.

Virou-se, ficando de quatro, apoiando uma das pernas na cadeira.

— Vem.

Quando penetrou-a, pôde sentir como era grande e grosso, diferente de tudo que ela havia provado antes.

Ele mexia com força, ao mesmo tempo puxava os cabelos dela. Os movimentos iam ficando cada vez mais intensos. Quando ele soltou os cabelos e passou levemente as unhas em suas costas, causou-lhe um arrepio que percorreu todo o seu corpo.

— Ah... que delícia...

Naquele momento, ela sentia que estava prestes a chegar ao orgasmo.

Apenas fechava os olhos tentando aproveitar o máximo daquele instante.

Soltou um leve suspiro, num gemido tão discreto que nem mesmo seu parceiro percebeu o que estava acontecendo dentro de seu corpo.

— Gostosa... — sussurrava ele em seu ouvido após também conquistar seu prazer.

Após o ato, sentaram-se nas cadeiras da sala de espera e ficaram ali, pelados, conversando sem maiores frescuras ou carinhos exagerados.

— Vamos colocar a roupa. O próximo paciente vai chegar às 16hs.

Vestiram-se e voltaram a falar sobre os dentes de Mariana, com naturalidade, como se nada tivesse acontecido.

Ricardo acompanhou a moça até a saída com educação.

— Bom, eu gostei bastante. Se quiser de novo, me chama.

— Pode deixar!

Mariana saiu por aquela porta sentindo que talvez não fosse mais voltar ali.

Uma sensação de liberdade tomava conta dela agora, ao descer as escadas e caminhar pela linda tarde de primavera. A brisa que balançava seus cabelos, juntamente com o pôr do sol daqueles primeiros dias do horário de verão, contribuíam para que ela se sentisse ótima. Uma mulher bem resolvida, que sabe o que quer, que tem coragem de buscar seu prazer.

Claro que ela adoraria conversar mais vezes com o doutor, que sumia em meio à sua correria, dividindo o curto tempo entre o trabalho e a família.

Talvez ele não pudesse realizar todas as fantasias malucas dela.

Algumas horas com aquele gato era muito pouco para a mulher que tinha sede de aventuras. Ela precisava de muito mais, de uma intensidade que provavelmente ele não poderia proporcionar.

Eles não se encontraram mais.

Dias depois, conversava com uma de suas amigas.

— Você não descobriu onde ele conseguiu seu contato?

— Nossa, esqueci de perguntar...

— Poxa, vamos ficar na curiosidade...

Essa dúvida ficaria na mente delas, mesmo que agora não fizesse mais sentido algum.

Mariana sentia saudade daquele dia. Em seu celular, a conversa com o Dr. Ricardo ainda estava arquivada, e suas fotos guardadas num aplicativo; mesmo que não precisasse delas, aquela cena estava gravada em sua memória, em suas lembranças mais gostosas.

Ao fechar seus olhos ainda podia sentir o frio na barriga e todas as sensações que teve desde o chamado dele, até o momento em que subiu os degraus daquela escada.

As imagens escondidas agora eram liberadas na tela de seu celular.

Seus pensamentos voavam longe enquanto saboreava tudo aquilo.

Recordava de cada detalhe enquanto se divertia sozinha naquelas noites quentes de verão.

Silvia

CÉLIO MARQUES

Manaus tinha sumido no horizonte enevoado do fim da tarde.

Minha roupa e meu corpo fediam, pois embarcara para o local das filmagens sozinho, quase sem nenhuma bagagem. O barco de madeira era novo, pouco usado na linha de passageiros, o dono preferia a modalidade do frete. Senti vontade de aliviar os intestinos, mas lembrei da última vez em que usara as dependências de banho em um barco de linha.

Desisti naquele momento.

Porém, forças superiores às minhas me fizeram mudar de ideia. Entrei no camarote para apanhar uma revista, um frasco com sabonete líquido aromatizado guardado na valise, que era minha única bagagem, e um cigarro. Não encontrei o cigarro. Entrei e o banheiro estava limpo, com o cheiro do detergente impregnando o ar. Olhei para dentro da privada.

Detestava aquelas cujas paredes ostentavam verdadeiras cicatrizes de cus ferozes. Aquela se apresentava limpa e livre de cicatrizes. Saí aliviado. Como não embarcaram redes, o salão estava limpo. Aproveitei para refrescar o corpo na brisa do entardecer. Poucos minutos depois, a tripulação iniciou o protocolo da enfadonha conferência dos nossos equipamentos. Coloquei a mão no bolso procurando cigarros. Não encontrei nenhum.

A atendente pediu que fosse sentar em outro lugar e, com certo desprezo, levantei os olhos.

Foi como um raio que cega, brilho de ouro imerso escondido dentro do aluvião perdido na terra. Riqueza no fundo do mais lodacento grotão.

Desejei-a febril como terçã daquele momento em diante. Escura como canela. Os cabelos lisos e negros caindo pelas costas até os ombros, tal Iracema. A barriga perfeitamente atlética, as pernas completamente cobertas por uma fina pelugem, à custa de muito clareador e o sol dos trópicos. Os bicos dos seios escuros, iguais a passas; rígidos, despontavam pela camisa de algodão cortada logo abaixo do diafragma.

Meu pau ficou duro que até doeu.

Levantei e ela foi embora.

Dentro do barco descobri poucos técnicos. Apenas uma dúzia. A maioria de nacionalidade estrangeira, parecendo uma torre de Babel. Dormi angustiado. No meio da noite, enquanto a quilha do barco rasgava as águas do rio batendo sabe-se lá em quê, descongestionei os ovos pensando na atendente.

Dormi, afinal.

Na hora do almoço, no outro dia, sentei sozinho na mesa. Na minha frente, em um prato de louça branca com artes florais nas bordas, uma sopa de legumes com carne, densa e pastosa. Levava uma colherada após outra da comida à boca, no entanto, não se podia definir qual o gosto real daquilo. Mesmo sem fome, acabei com a comida do prato. Fiquei sentado numa cadeira de plástico barato que vergava enquanto sentava nela. Soprava uma brisa, resolvi experimentar o andar superior, onde mesas sintéticas presas ao assoalho esperavam os fregueses eventuais do bar, que servia bebidas destiladas ao gosto dos gringos e cerveja importada que custava os olhos da cara.

Os técnicos estavam fechados nas cabines, dormindo depois do almoço, tentando digerir a sopa.

Quando cheguei, ela estava lá; tomara banho, pois seu cabelo molhado secava ao sabor da brisa do rio. Vestia apenas um camisão que cobria a roupa de banho. Eu olhava-a, e ela levantou-se, espreguiçando o corpo. Ela, afinal, não usava roupa de banho.

Estava nua.

Aproximou-se.

— Tu és da equipe de filmagens?

— Sim — eu disse.

— Quer conversar?

— Quero!

A conversa desenrolou-se fácil em função da minha atividade pouco comum e do meu súbito interesse. O céu escureceu rapidamente.

— Chuva? — falei baixo.

A menina tremeu de frio. Daí começou realmente a chover, pingos grossos que molhavam fácil. Levantei, seguindo-a logo atrás. Minha fome era outra. Ela entrou num cubículo. Fiquei parado na porta, esperando indeciso.

— Entra! — Sílvia chamou amistosamente.

Após isso, ela mandou fechar a porta, depois disse:

— Deita comigo?

— Claro, claro — respondi enquanto fechava a porta.

Ela estendeu-se na cama. Sentei na borda da mesma. Engraçado, ela usava cama no cubículo, e não as redes tradicionais. Comecei a tirar minha roupa. Sílvia pulou do móvel e, com um movimento brusco, deitou no meu colo e foi escorregando com as minhas calças, que depois foram pra longe.

Ela olhou para a haste rija que se erguia, orgulhosa. Não era pequena.

Sorriu.

Depois, impassível, se livrou da camisa.

A forquilha mágica de Sílvia tinha formas tão perfeitas e pentelhos tão negros que pareciam tingidos de nanquim báltico. Seu corpo não era marcado como o das putas baratas, e a pele morena intocável pelo tempo. Um livro de desejos para ser lido com paciência. Ela abriu as pernas, deliciosamente úmida aos meus dedos e à minha boca, sua concha vermelha e pulsante, com as ninfas muito inchadas de sangue. Olor. Sílvia ficou sentada na cama, olhando o trabalho frêmito do profissional dedicado. Meu dedo sentia as contrações na flor vermelha. O olho negro e quente da menina cor de canela mordiscava meu dedo enquanto minha língua fazia todos os movimentos possíveis.

Ela gozou forte. Sem medo e sem remorsos. O néctar da vida escorreu na minha boca. Levantei e olhei para Sílvia.

— Chupa, meu bem?

Ela sorriu, deliciosamente juvenil, e da sua boca de dentes perfeitos usando um tom doce como mel, crocitou uma frase que me acompanhou vida afora.

— Até os ovos, meu chefe.

Ela chupou como se jamais tivesse feito algo tão delicioso, mordia e beijava com tanta paixão que, incontrolável, derramei a seiva leitosa abundantemente.

— Tu estás pensando em alguma coisa? — ela perguntou enquanto, com a ponta da língua rubra, catava dos lábios os meus restos.

— Nas meninas bonitas da beira do rio.

— É mesmo?

Virou-se, empinando a bunda. Vênus Calipígia, o templo sagrado onde se desfruta o profano, mas sagrado prazer.

— Enfia aqui. — Mostrava com o indicador a fenda que abria e fechava.

Possuí com força marciana o ânus de Sílvia. "As mulheres são dóceis e submissas com uma vara no cu." Divaguei enquanto cinzelava vigoroso uma verdadeira obra de arte.

Durante toda a viagem conversamos sobre assuntos dos mais variados, mesmo ela entendendo pouco ou nada do que eu falava. Me contou sobre sua cidade natal, Cambixe do Careiro, cheia de casebres com pobres homens bêbados dentro. O pai tentara o estupro vaginal várias vezes, mas nunca conseguiu. A virgindade anal ela perdera muito antes, nas caminhadas matinais com o irmão até a roça de mandioca. O irmão morrera picado por uma urutu, que estranhamente caiu dentro da sua rede, numa noite em que chegara bêbado da rua. O corpo foi envolto em trapos velhos e enterrado no mato. Na volta do sepultamento, enquanto a mãe chorava a perda do filho, o pai de Sílvia tentou o estupro pela última vez. Cansada, acabou aceitando a ajuda da igreja. Viajou com um grupo de missionários nada diferentes do seu pai e de seu irmão. O que o primeiro fazia para pura satisfação sexual e instintiva, os segundos faziam pela Graça de Deus. Em Parintins, quando na época do festival folclórico dos bumbás, abandonou os homens de Deus. Vagando pela orla conheceu o capitão Alvarães, que fez o convite, e Sílvia topou o emprego de atendente e camareira no seu barco – Lontra. Afinal, um bom emprego.

Alvarães nunca lhe pedira favores e, às vezes em que ela o visitou, foi o prazer, não as obrigações servis nas quais foi educada que a guiaram. Falou também de um homem, um dos missionários, da relação de subserviência motivada pelo sexo de proporções agigantadas. Ela contou.

Doeu muito nas primeiras vezes, ficava sentada de costas para ele, a mão áspera na nuca, o beijo sádico dos violadores em seu corpo. Ele a colocava no seu obelisco de carne, rezando preces no seu ouvido e pedindo perdão, ao mesmo tempo em que gozava na sua boceta e no seu rabo; continuava vezes sem parar. E ela observava atentamente o Deus do missionário, as veias pulsantes do membro mágico criador do Jurupari, imagens que lhe falavam das névoas do seu inconsciente, berrando, gritando, escavando até o fundo do seu corpo. Uma gruta, caverna única visitada apenas pelos iniciados nos segredos da geração, boca sedenta, vermelha, que ficava no meio das pernas com uma fome insaciável assustando-a desde criança. A boca tremia sugando frenética o produto dos espasmos do pregador. E Sílvia contava mais, sobre a embriaguês da carne e da volúpia cega a que entregavam seus corpos girando num redemoinho de cheiros e secreções, as essências da vida. E fez coisas indizíveis, disse-me, e alcançou prazeres, dores inimagináveis, e cometeu pecados imperdoáveis.

Para mim, tudo não passava de farsa.

Digo farsa para não dizer tragédia. Era mais uma putinha filantrópica, dando prazer ao invés de cobrá-lo, como seria de direito. Mas ela tinha lá seus arroubos morais, portanto prometi respeitá-los. Estávamos próximos do porto da Comunidade de São Francisco. Eu desci para desembarcar alguns equipamentos. Um sujeito alto com a pele alva foi na direção do barco. Houve discussão, depois o silêncio, como aqueles que antecedem uma tempestade. Depois, apenas um disparo seco.

O homem saiu correndo pela rua, desaparecendo. Sílvia cambaleou um pouco, caindo pesada, com a mão direita no peito, onde de um buraco fumegante o sangue jorrava em jatos periódicos, começando a cobrir o assoalho do barco. A polícia chegou horas depois do crime. Do bar próximo fiquei observando a cena. O corpo foi levado num jipe improvisado de rabecão. De noite, as pessoas comentavam o crime.

Chamavam-no Jacarandá, numa clara alusão à sua torre de carne.

Outros o chamavam de Missionário. Era ele, e a ele Sílvia pertencia. Na madrugada, gritos. Pela manhã, na beira das cacimbas, um grupo de lavadeiras descobriu o corpo, amarrado e linchado, do homem que tanto fascinava e amedrontava Sílvia. Enfiado na boca, o instrumento mais antigo de dominação masculino, com mais de um palmo de comprimento e com veias laterais azuis e verdes, bastante salientes. A cobra mágica dos pajés, a flauta dos ritos secretos, que oferecia o paraíso orgástico para mais uma das caboquinhas cor de canela, uma dentre muitas das putinhas filantrópicas do rio.

Com os pentelhos tão negros que mais pareciam tingidos com nanquim báltico.

A Noite dos Mascarados

NANCY SCARLETT-HAYALLA

Dois contadores que se odiavam com todas as suas forças disputavam o mesmo cliente, uma multinacional de grande porte que precisava de contador para representá-la no Brasil.

De um lado estava Helena. Era bela como uma deusa. Cada traço de seu rosto havia sido esculpido pelos deuses do Olimpo.

Do outro estava Nathaniel. Era como um anjo caído do céu, mas tinha o charme de um demônio.

Cada um já havia se decepcionado no amor. Helena descobriu que seu namorado a estava traindo com a sua secretária e melhor amiga. Já Nathaniel estava noivo de sua ex-sócia, e ela o traiu com um dos clientes do seu escritório.

Desde então, os dois somente viviam para o trabalho.

Eles se conheceram durante um seminário, no qual Helena era um dos palestrantes. Machista, ele achava que mulher bonita não era competente. Ela também não simpatizou muito com Nathaniel. Reencontraram-se em um Encontro de Contadores, onde ele se mostrava muito arrogante, principalmente com ela. Mas cada um admitia sobre o que achavam sobre os atributos físicos um do outro.

— O que ele tem de bonito, tem de insuportável... pode até ter alguns belos músculos por baixo daquele terno de mau gosto... mas ainda é um imbecil!

— Sim, ela é gostosa, ficaria muito bem na minha cama... mas é uma chata! Não foi à toa que o namorado enfeitou a testa dela.

Enquanto isso, para comemorar a instalação de sua empresa, este mesmo cliente resolveu dar um baile de máscaras, igual ao Carnaval de Veneza. A festa ficou conhecida como "A Noite dos Mascarados", na qual todos os seus convidados estariam de máscaras. Tanto Helena quanto Nathaniel ficaram sabendo desta festa e cada um deu o seu jeito de entrar. Como o uso de máscaras era obrigatório, tiveram de usá-las.

A primeira a chegar foi Helena. Como sempre, estava linda em todo o seu esplendor. Estava com uma máscara que lembrava um pavão-real, que combinava muito bem com um belo vestido azul-esverdeado tomara que caia, que realçava suas belas curvas. Para dar mais graça ao visual, improvisou uma cauda de pavão, ainda que discreta, e um leque de penas.

Assim que entrou no requintado salão, todos admiraram aquele belíssimo pavão, principalmente os homens. E ela estava adorando ser o centro das atenções. Como não conhecia ninguém mesmo, então não viu problema nenhum em se divertir um pouco. Desde que foi traída pelo namorado, não conseguiu se envolver com mais ninguém.

Até o momento em que notara um certo cisne negro a devorando com os olhos.

Ela somente observou-o vindo a passos lentos em sua direção. Assim como ela, usava uma máscara decorada com plumagens negras, bem como toda a sua roupa. Quem quer que fosse por debaixo daquela fantasia, não queria mesmo ser reconhecido.

Uma música lenta começou a tocar. Na hora lhe estendeu a mão para convidá-la a dançar. Não pensou duas vezes, ela lhe deu a mão, aceitando o seu convite. Ele a encostou junto ao seu corpo e abraçou a sua cintura. Começaram a dançar.

Ela não conseguia tirar os olhos dele. Tinha um olhar penetrante. Era alto e forte, mas sabia segurá-la com gentileza. Durante a dança, ela se perguntava quem seria aquele bonitão.

E ele também olhava fascinado para aquele lindo pavão-real!

Quando ela se deu conta, uma multidão havia se formado ao redor deles. Todos olhavam para aquele lindo casal de pavão-real e cisne negro dançando. Quando a música terminou, ela se afastou e sumiu no meio da festa, mas sempre olhava para trás somente para constatar se ele a seguiria. E ele a seguiu, como se fosse um míssil teleguiado. Não queria perdê-la de vista.

Finalmente a encontrou. Estava esperando por ele em uma das varandas do salão.

♡♡♡

Foi a vez de Nathaniel entrar no salão. Ele também estava lindo e deslumbrante como sempre. Estava com uma máscara de cisne negro, mas com uma aparência mais masculina. Para combinar, estava com uma roupa de época também, toda preta, na qual a camisa se mantinha semiaberta, exibindo um belo peitoral de tirar o fôlego. Também fez questão de algumas plumagens na manga da camisa, para imitar as asas de um cisne.

Assim que seguiu porta adentro, todos os olhares se voltaram para aquele imponente cisne, principalmente as mulheres. Era disso que gostava, de ser o centro das atenções. Já que estava ali mesmo, aproveitou a ocasião para curtir a festa. Afinal, não conhecia ninguém naquele baile. Desde que sua noiva lhe traiu, não tinha mais ânimo para namorar com ninguém.

Até o momento em que avistara um certo pavão-real passar em sua frente.

Ele foi ao encontro dela. Admirou aquelas belas plumagens coloridas que combinavam com o vestido. Falando nisso, imaginou aquela peça de roupa caindo na sua frente, já que era tomara que caia. Quem quer que fosse aquela mulher, queria realmente criar mistério.

Uma música lenta começou a tocar. Ele estendeu a mão e a convidou para dançar. Sorriu quando ela aceitou o seu convite, lhe estendendo a mão. Abraçou a sua cintura e a encostou junto ao seu corpo. Começaram a dançar.

Ele não conseguia parar de olhar para ela. Tinha um olhar envolvente. Tinha uma estrutura delicada, a qual precisava segurar com gentileza. Durante a dança, ele se perguntava quem seria aquela bela dama.

Aquele casal de pavão-real e cisne negro era lindo enquanto dançava, tanto que uma multidão havia se formado ao redor deles somente para observá-los. Ao término da música, só a viu se afastar e sumir no meio dos convidados, mas sempre via que ela olhava para trás no intuito de ver se ele estava lhe seguindo. E ele a seguiu o mais rápido possível para não perdê-la de vista.

Ele conseguiu encontrá-la em uma das varandas do salão. Ela aguardava por ele.

♡♡♡

No momento em que se encontraram, as cortinas da varanda se fecharam. Pareciam até ter adivinhado os seus pensamentos. Pensaram em retirar as suas máscaras, mas desistiram. Decidiram se amar cada um com a sua, para assim preservar suas identidades e dar mais tesão para aquela fantasia de momento. Também não disseram nada um para o outro. Não precisavam.

Sem cerimônias, ele se abaixou para buscar os seus lábios rosados e carnudos, com uma ânsia que ele mesmo jamais conhecera. Enquanto a abraçava com seus braços fortes, sentia o carinho de suas delicadas mãos sobre o tecido da camisa. Soltou-a por um instante para recuperar o fôlego. Neste momento, somente observou a sua camisa ser desabotoada e retirada por ela. E adorou quando percebeu o quanto ela ficou deslumbrada ao ver e tocar aquele monte de massa muscular.

Depois de ter a camisa retirada, ele a virou de costas e abraçou-lhe pela cintura. Começou a dar beijinhos na sua orelha, enquanto alisava os seus ombros e descia para a pele aveludada de sua nuca. Ela levou um dos braços até o pescoço dele somente para mostrar que o zíper do vestido estava bem ali, pedindo para ser aberto. E ele abriu. Foi descendo o vestido, deslizando até chegar aos seus belos quadris. Passando dali, o vestido de pavão simplesmente caiu sozinho, exibindo a sua harmoniosa silhueta. Quando ela ficou nua, permaneceu parada e em silêncio, aguardando a avaliação dele. Puxou-a para si, lhe apertando os seios contra o seu peito e seu membro foi de encontro à pele lisa de seu ventre.

Lentamente ele foi descendo com a língua por aquele delicado pescoço até chegar aos seios para beijá-los, mordê-los e chupá-los. Continuou descendo pelo seu ventre até ficar de joelhos, e assim começou a retirar a sua calcinha, revelando finalmente a sua intimidade.

E o corpo dela tremeu de prazer quando ele a tocou com a língua em sua carne aveludada; agarrou-se com tudo nos ombros largos dele e começou a gemer alto. Quanto mais ela se apertava, mais ele caprichava. O gosto dela era divino. Somente a observou arquear o corpo, enlouquecida de desejo.

Agora era a vez de ela assumir o controle da situação.

Quando o beijou, tentou buscar a sua língua, chupando-a e fazendo movimentos de vai e vem. Foi lambendo o seu pescoço e parando no seu peito. Ela deu leves mordidas, lambeu, chupou e fez um suave carinho em cada um dos mamilos, o deixando arrepiado de prazer.

Depois foi descendo pelo seu abdômen tanquinho e enfiou a língua no seu umbigo.

Quando ela finalmente chegou lá, se ajoelhou perante ele e desabotoou o seu cinto. Fez o mesmo com a sua calça, ficando apenas de cueca boxer, a qual também foi tirada por ela sem nenhum pudor. Começou a masturbá-lo. Ele a observava com espanto e desejo, só esperando o que estava por vir. Por sua vez, ela também somente o olhava com um sorriso malicioso, se divertindo com ele.

Até que ela finalmente o fez.

Enquanto era saboreado por ela, ele alisava seus cabelos. Assim que terminaram, partiram para os "finalmentes". Ele a ergueu com tudo, agarrando-a pelo traseiro, pegando as duas pernas dela e as passando por sua cintura. Sentou-a no parapeito da varanda para possuí-la ali mesmo. Mas claro que antes pegou, em um dos bolsos da calça arriada, um preservativo, do qual rasgou a embalagem e o colocou, como manda a ocasião.

Ele se acomodou ali e, quando ela menos esperou, penetrou-a numa única estocada possante. Ele ficou imóvel por um tempo, saboreando cada segundo que estava dentro dela. De repente, começou a mover os quadris lentamente, até alcançar a velocidade máxima do prazer. Ela o agarrou fortemente com as pernas e braços, se explodindo por dentro, enquanto ele soltava um gemido forte e rouco. Os dois alcançaram o clímax.

Assim que terminaram, ele a ajudou a descer do parapeito e a pôr de volta o seu vestido. Mais uma vez se olharam, querendo saber quem eles eram, mas desistiram de novo para manter o mistério.

E cada um seguiu o seu caminho.

♡♡♡

Dias depois, os dois contadores souberam que o tal cliente já havia arranjado alguém para representá-lo. Em um Evento de Contabilidade, Helena e Nathaniel se lamentavam por terem perdido o cliente, mas agradeceram por ninguém ter ficado com ele.

E comemoravam por pelo menos terem curtindo a festa. Cada um falava do seu misterioso encontro.

— Durante o baile, conheci um cara fantasiado de cisne negro. Era uma delícia de homem. Eu queria ter visto o seu rosto. Deveria ser lindo.

— No meio da festa, encontrei uma moça vestida de pavão-real. Era uma graça de mulher. Adoraria ter visto o seu rosto. Deveria ser linda.

E é claro que, em um evento onde a maioria se conhecia, a fofoca chegou no ouvido um do outro.

— Era você o cisne negro ???

— E era você o pavão-real ???

Eles se olharam indignados com tamanha coincidência. Ela não queria aceitar que o imbecil do Nathaniel era aquele belo cisne negro. E ele também custou muito para crer que aquele lindo pavão-real fosse a idiota da Helena. Ficaram tão revoltados entre si que foram embora para não respirarem mais o mesmo ar.

♡♡♡

Depois de muito tempo se reencontraram por acaso. Por mais que se odiassem, precisavam conversar sobre aquela noite, que foi a melhor de suas vidas. Helena tinha medo de Nathaniel contar para todo que havia lhe pegado de jeito. Ele também tinha medo de que ela falasse dele. Mesmo não gostando um do outro, cada um deu a sua palavra de não tocar no assunto. E por incrível que pareça, começaram, a partir dali, uma amizade, meio que na base da cumplicidade.

Será que esta estranha amizade um dia pode virar namoro? Quem sabe...

Rita Paris

MICHELLE CRISTINA DA SILVA

Certa vez, um menino, que na verdade já era um rapaz de treze ou quatorze anos, resolvera questionar a própria tia do porquê de ela ser apaixonada por outra mulher.

— Por que você gosta da Rita Paris?

— Você é contra? É feio ser contra. Duas mulheres podem se amar.

— Mas ela não te ama.

Diante da sinceridade, ela ficara brava.

— Um dia vou casar com ela. Eu tenho certeza.

— Quer casar com ela?

— Quero. Hoje em dia, duas mulheres se casam, sabia?

O menino sabia, mas ficara pensativo. A tia resolvera se defender.

— Acha que sou louca?

— Acho que vai sofrer, tia. Sofrer muito.

A tia respirara fundo com a cara fechada, e não demorara muito a responder.

— Eu não tenho medo de sofrer.

— Por que Rita Paris?

— Porque ela gosta de Paris, é a cidade preferida dela.

— E por que Rita?

— Escolhemos. Tinha que ter um nome. Ela não gosta muito de Rita.

— Que nome ela queria ter?

— Acho que gosta de Joyce, de Alice, mas é Rita.

— Você atropelou ela, tia?

— Foi um acidente.

— Ela é bonita, né?

— Muito.

O menino até sorrira. Ele não estava preocupado com o fato de serem duas mulheres, uma apaixonada pela outra. Via o tempo todo mulheres andando por aí de mãos dadas, não achava ruim, o que o preocupava era o fato de Rita Paris parecer zero interessada. Parecia que gostava de homem. Sempre que um se aproximava elogioso, abria um belo sorriso. Ela não fazia o mesmo na presença de sua tia Elisa. O rapazinho estava de namoradinha, mas sempre observador, adorava prestar atenção naquelas duas mulheres maduras.

Rita era charmosa, elegante e simpática, nesta ordem. Indolente, não gostava de fazer nada, volta e meia estava deitada no sofá da sala lendo um bom livro, tomando vinho ou comendo seus famosos bombons de licor de cereja. Fora atropelada há uma década e, por consequência das sequelas sofridas, não sabia quem era ou de onde veio. Nem por isso era uma pessoa melancólica, pelo contrário, era extremamente bem-humorada. Fora acolhida pela família de Elisa, só não gostava muito do nome que lhe deram e nem acreditava que estivesse na faixa dos cinquenta anos como acreditava-se, já que, à época do acidente, aparentava quarenta.

Elisa já tinha completado sessenta e pouco se incomodava, exímia violoncelista, sequer escondia os cabelos brancos, era bonita assim, e o que era mais bonito nela era a música que vibrava dentro de si, música que habilmente extraía do violoncelo e da paixão que sentia pela mulher que um dia atropelara. Sempre fora uma excelente motorista, dirigia bem, ninguém na casa entendia como fora atropelar uma pessoa. Contara que a mulher correra na frente do carro, que não conseguira desviar, mas Rita não era capaz de lembrar para aceitar ou confrontar a versão. De bem com a vida, Rita Paris só queria viver o aqui e agora na companhia de gente interessante.

Aquele menino criado na casa da tia musicista chamava-se Sebastian Bach. Fora a tia quem o batizara dessa forma. Já que o pai era vagabundo e não gostava de trabalhar, fora morar com ela. Lá viviam os avós, a arrumadeira, o motorista e o chef de cozinha, além da Rita, que não era empregada e nem parente. Verdade fosse dita, parecia até que não envelhecia. Era a mulher mais bonita que Sebastian tinha visto na vida. Todo mundo queria namorar a Rita Paris, até a tia dele queria. Segredou à namorada.

Aproveitando que Rita saboreava seus bombons de licor de cereja e que já tinha comido uns três ou quatro, Elisa enfim resolvera sentar-se ao lado dela para falar francamente o que sentia. O menino, que estava por perto, logicamente se interessara em ouvir a conversa, mas infelizmente, para ele, Rita levantara do sofá e aceitara conversar em um lugar reservado. Ele ficara curioso para saber o que iria acontecer. Trancaram-se em outro cômodo, deixando-o de fora do desfecho.

Tremendo, Elisa nem mesmo acreditava que conseguira falar à Rita, que respondera hesitante:

— Se você fosse homem, seria diferente. Somos duas mulheres.

— Tem medo de quebrar regras?

— Eu tenho. E você?

— Não dá medo, Rita!

Rita Paris silenciara.

— Ninguém precisa saber.

— Também não sei se ia gostar. Como é estar com alguém do mesmo sexo? O que duas mulheres podem fazer juntas?

— Está querendo saber?

Rita Paris sorrira timidamente. Resolveram se beijar.

O sobrinho da violoncelista ficara mais de uma hora sentado no sofá aguardando que aquela porta se abrisse. Se aceitaria ou não, ele ainda não sabia. Já que estava demorando, resolvera devorar os bombons da Rita — os que restavam na caixa.

Bipolar

CECÍLIA TORRES NOGUEIRA

— Henrique, pela última vez: não me procure mais. — Marcela zangava-se com sua insistência. Pedro Henrique se encontrava na porta do seu apartamento, com flores e uma garrafa de vinho, em plena tarde de sábado.

— Mas, meu benzinho, eu agora estou fazendo terapia, parei com o cigarro que tanto te chateava, não estou bebendo mais, nem usando drogas...

Ela deu um passo para trás quando o viu se aproximar. Maldição, não deveria ter aberto a porta, mas pensara que era sua vizinha, que vivia lhe pedindo açúcar, arroz, ou qualquer outra coisa que sempre faltava. No entanto, era Pedro, que agora estendia a mão e lhe tocava o rosto, carinhoso, exatamente como fazia no início do namoro dos dois.

Queria ter a força necessária para mandá-lo embora, mas o que fazer se o amava? Por que as coisas não podiam ser diferentes? Por que não compravam uma casa num bairro tranquilo, casavam, tinham um ou dois filhos, um cachorro e alguns gatos?

Marcela desejava o pacote completo, mas o homem que estava à sua frente nem sempre estava disposto a abraçar o mesmo sonho.

— Pela milésima vez, estou cansada, Pedro Henrique, se você romper com nosso namoro de novo, nunca mais vai me ver, fujo para outro país. Você não vai ver nem a minha sombra.

— Prometo que agora sou outra pessoa. Vou me tratar, conforme você pediu. Começo na segunda, aliás. Também arrumei novo emprego e voltei a estudar. Deixe-me entrar, por favor. A gente senta, conversa, e mais tarde passo no mercado para comprar algumas coisas. Quero fazer um jantar romântico para nós dois, e começar aquela vida que você sempre quis. Você sabe que eu amo você, Marcela.

Como ela resistiria a todas as promessas que escutava? Ainda mais quando elas se encontravam também naquele olhar apaixonado?

Assim que percebeu, rendia-se a ele de corpo e alma, mais uma vez.

Beijos, carícias, amassos desesperados; arfavam violentamente até se perderem em uma transa louca.

Era sempre assim. Ela nunca conseguiria afastá-lo enquanto ele decidisse se reaproximar. Pedro Henrique era o amor da sua vida.

— Hum, que saudades, como nos velhos tempos... — murmurou Henrique. Suado e seminu, exibia boa forma.

— Estava sentindo sua falta, só me incomoda seu mau-humor, quando você não está em seu juízo perfeito — disse Marcela, sem conseguir deixar o passado para trás. Sempre doeria.

Naquele momento, no entanto, tratou de lhes dar uma segunda chance. Sentia-se sexy também. Depois da primeira entrega, Pedro Henrique foi no mercado para comprar as coisas para o jantar, então ela aproveitou aquele tempo para tomar um banho, hidratar a pele e maquiar-se. Quando ele retornou, ela já o esperava, vestida com um corpete vermelho.

Pedro Henrique acendeu a lareira e então transaram novamente, desta vez não no sofá, mas no tapete da sala. Não era a primeira tarde de inverno em que faziam isso, aproveitando o calor das chamas.

Agora, porém, não havia tempo para pensar nos vários momentos que já partilharam ali, impulsionados pelo desejo e pela saudade. Era incrível como não se saciavam após essas inúmeras brigas.

O sol ia embora quando Pedro seguiu para a cozinha. O banquete foi uma especialidade: pato tucupi regado, com duas taças de vinho branco como acompanhamento.

Perfeito, a não ser pela chave do carro dele, que sumira.

— Foi só a gente voltar que começaram a sumir as minhas coisas, não é? Cadê a chave do meu carro? — Henrique não podia ter tomado aquele vinho.

— Eu sou culpada, agora? Por que você não se organiza ao invés de deixar as suas coisas espalhadas? Ah, quer saber? Vá embora! Nunca volte aqui, nem me ligue, pois para mim já basta. E já aviso que vou deletá-lo e excluí-lo das minhas redes sociais.

Pedro Henrique nem precisou que Marcela o acompanhasse até a saída. Ele mesmo se adiantou, pisando duro, abotoando a camisa e ajeitando-a para dentro da calça. Marcela só teve tempo de encontrar as malditas chaves e as atirar em sua direção, antes de ele fechar a porta.

No dia seguinte, sua campainha tocou e, através da porta fechada, veio o pedido:

— Marcela? Você não imagina o que eu comprei para você. Um lindo colar. Posso entrar?